羽田圭介

5時過ぎランチ

実業之日本社

実業之日本社文庫

CONTENTS

グリーンゾーン

赤黒い液垂れ跡が、リアバンパーと左後輪を覆うクウォーターパネル部分にこびりついている。

自分は今、ヤバいものを目にしている。晩夏の夕暮れ時の柔らかな外光でも、それはわかった。

血痕、なのか？

シルバーのY34型グロリアを前に、萌衣《めい》は高圧洗浄機のガングリップを右手で握ったまま、立ち尽くしていた。

警察に連絡——その選択肢が脳裏にちらつく。

ルーフ付屋外洗車場の壁にある高圧洗浄機の稼働ボタンに左手の指をかけたまま押しかねていると、後ろから足音が近づいてきた。

「念入りにねー」

太い体躯にスキンヘッド、茶色いティアドロップ型サングラスの短パン男が右手に煙草、左手に缶コーヒーを持ったまま萌衣を見ていた。この車の持ち主。受注書に記されていたカタカナ表記の苗字はタムラだった。ガソリンスタンドでの喫煙は法律で禁止されているという注意も、口にはできない。

「機械洗車じゃなくて手洗い頼んだんだからさ、しっかり頼むよー、姉ちゃん。汚れは全部消しちゃってね」

「はい」

「あと、トランク開けたら殺すからね」

返事のかわりに、萌衣の左手は高圧洗浄機の赤い稼働ボタンを叩いていた。長いノズルの先から扇状に噴射する水の圧力でガングリップを握る右手が胸に当たり、それを押し返しながら左手でノズルを持ち制動。両腕を高く抱え歩きつつ、車のルーフ部分から汚れを落としてゆく。一分強かけて車を一周するだけでも赤黒い跡はほとんど取れ、タイヤ回りの予備洗浄へ移るため高圧洗浄機を止めたところで後ろを振り向くと、満足したのかタムラが洗車場から去るところだった。彼の、缶を握る左手の小指は欠けている。

ここでアルバイトを始めて三年半になる萌衣は、これまでにも何度か窮地に立たされたことはあった。しかしそれらは整備車両をピットから出す際に他の車へぶつけたり、ラジエーター下部の冷却水排出コックを緩めたまま送り出した車が二日後に他県でエンストしたりといったものであり、この類の窮地は初めてだ。

ただこの窮地は、知らんぷりを決めこめば、やり過ごすことができる。自分は、何にも気づいていない。今日の人手不足から受付係の池谷《いけたに》に呼ばれ、ピットでの車検整備作業を中断し嫌々洗車にとりかかっているだけの私は、何にも気づいていない。

泡洗剤のかかったボディー上で両手に持ったムートンを走らせているうち萌衣には、ムートンの滑り具合で、この車が日頃鉄道線路近くの屋外駐車場に置かれていることがわかった。素手で触り、それは確信に変わる。鉄粉がボディーのクリア塗装に突き刺さっていた。電車の車輪と線路の摩擦により飛び散る鉄粉が、沿線一帯には降りそそぐのだ。鈍感でいるのは難しい。一七歳の頃からここでアルバイトを始め、高校卒業後、自動車専門学校に二年通い二級自動車整備士の国家資格を今年三月に獲得しながらどこにも入社せずアルバイトを続けているから、三年半のキャリアでも、ベテランといってもいいだろう。他のバイト連中に任せたいが、専門学校生の飯沼《いいぬま》は一五時四五分の検査受付終了時刻に滑り込みで車検を通しに土浦の車検場へ出向いてしまったし、大学生の岡野《おかの》は四限まで授業があるからもう少し経たないとやって来ない。他の者たちのシフトはウロ覚えだが、早番の店長がそろそろ帰宅しようとしているのはわかる。整備士の松田《まつだ》はピットから出ようとせず、使えない大卒社員の草野《くさの》も今日は非番だ。

　スタンドの敷地に接する通りから、聞き慣れた2《ツー》ストロークエンジンの音が近づいてきた。スタンドの敷地に入ってきた一〇〇ccの原付のエンジン音がやみ、裏から建物と屋外洗車場の間を縫うように、ジャージー姿のケンジが半ヘルを外しながら姿を現した。

「おはようございます」

「ケンジ、早くこっち来て代わって」

「えー、俺、五時からなんで」

「もう五時?」

「そうっすよ、あと一〇分くらいで」

　そう言うとケンジは従業員用通用口から建物の中へ入っていった。

　もう午後五時になる。今日もまだ、昼休憩に入れていない。萌衣の中で麻痺していた空腹感が、戻ってきた。納豆ご飯にバナナという朝食を朝九時過ぎに食べて以来、まとまった休憩もとらず肉体労働を続けていれば、エネルギーは枯渇する。

腹が減っていた。

洗剤が乾かぬよう、車の上から下へと水で流してゆく。七時間以上も前に摂取した朝食のエネルギーなどとっくに使い果たし、脂肪を燃やしながら今の萌衣は動いている。

この状態があと三〇分も続けば空腹は痛みに変わるが、不思議とそれにはわずかながらの快感も伴う。自分という存在が、エネルギーを燃やしながら動くだけの単純な機関と化したかのような錯覚に陥るのだ。動くためには食べなければならず、食べるためには、動いて労働をしなければならなかった。

「おはようございまーす」

従業員用通用口から化学繊維のユニフォーム姿で出てきたケンジが、洗車の状況を見てとりスチール戸棚から粗拭き用バスタオルを二人分取り出したところで、通用口のドアが再び開けられた。

「ケンちゃん、洗車もう一台入ってるからそっちお願い、勝俣《かつまた》さんのカイエン」

受付係の池谷が小判のクリップボードに挟んだ受注書を渡すと、ケンジはタオルを置きさっさと洗車場から出て行った。

「悪いね萌衣ちゃん、なんか変な時間に急に忙しくなって、私も子供の迎えに行けないよ。……ったく、店長はもう帰ろうとしてるしよ」

それだけ言うと池谷は屋内のカウンターへ戻った。建物の客用出入口前にカイエンはなく、灯油を除き給油機が並列に八レーン並ぶフィールドの六レーン目に、大きなシルバーのSUVポルシェ・カイエンが停められていた。常連の勝俣さんはいつものように給油後そのまま車を放り、店内で洗車の受付を済ませたのだろう。全八レーン中、七レーンが埋まっている。給油客で混みだす夕方の時間帯に常連客ぶった行動をとられるのも、迷惑でしかない。

グロリアの粗拭きを済ませた萌衣は濡れバスタオルをそのまま二つ折りにし、運転席の足下に敷くと尻をシートに乗せ、次いで両足を引き入れバスタオルの上に着地させた。つま先に鉄板の埋め込まれた黒い安全靴のソールの水気もこれで吸い込め、運転席の足下を濡らさずに済む。もっとも、全席の足下にはメーカー純正マットの上にグレーの汎用マットが敷かれ、さらにその上にクリアのビニール成形マットが敷かれるという徹底ぶりだった。単に純正マットが汚れただけの場合より、見てくれは悪い。

綺麗好きの乗り主が、洗車を頼んできただけのこと。萌衣は自分にそう言い聞かせながらエンジンをかける。たまたま付着した家畜か何かの動物の血痕を、洗い流してほしいと依頼されただけだ。

巨体の乗り主に合わせて調整されたシートは運転しづらいが、そのままバックで洗車場から車を出す。すぐ横の客用出入口の脇に車を移動させた際、入れ替わりに洗車場へ入るカイエンが見えた。

運転席から降り、新しいバスタオルを三角折りにし右腕全体でおさえると、車の前方から向かって左半分、ボンネットからフロントガラス、ルーフの順に一息で滑らせる。セダンでも横幅があるため、身長一六七センチの萌衣でもルーフの左半分にまでなんとかタオルの先が届くというあんばいだ。タオルをトランクまで滑らせた時、トランク左側に貼られた「GLORIA」というメッキエンブレムの「O」の真ん中にある赤黒い点が、萌衣の目に入った。

数度拭ったものの汚れは取れず、強めに何回か押しつけるようにしたところ、ようやく取れた。

「……っざけんなよ」

口の中だけでボヤいたつもりだったが、店内へ入ろうとすぐ側を通りかかったおばさんにわずかに振り向かれ、聞かれてしまったかと萌衣は焦った。アルバイトの身とはいえ、店全体の評価を気にするほどには、ここでの仕事に責任感をもっている。

巻き取り式エアーガンから高圧エアーを噴出させ、溝の部分へ当ててゆく。フロントワイパー、サイドミラー、窓枠のゴムシーリング、フロントグリル、アルミホイール、エンブレムから水がかき出される。次いで四つのドアとボンネットを開け、ステップ部分と、つっかけ棒で持ち上げられたままのボンネット裏側の水滴を拭く。

エンジンルームを見る限りほとんどノーマルで、エアフィルターだけプリン型の社外品へ換装されていた。燃費性能を犠牲にし高回転域での速さを得ようとしている。ただそれも排気マフラーとセットで交換しないと意味がないから、気やすめが好きな性格なのだろう。萌衣はそれ以上の詮索を中断した。洗車ついでに不良箇所を見つけ、お客様にうまくお伝えして整備の受注を得るのが基本原則だが、例外はある。ボンネットを閉め、助手席側のゴミ箱からゴミの入ったビニール袋を取り出し、純正灰皿と一緒に中身を捨てに行く。ビニール袋の口をゴミ箱から外した時、萌衣は赤黒い汚れのこびりついた手袋を見た。マットな質感は、手にピッタリとフィットする天然ゴム製だろう。細かい作業を行えるうえ、指紋も残さない。

すべてのタイヤの側面にスポンジでタイヤワックスを塗り込んでゆく。タイヤは少しひび割れており、製造年と週を見ると、二年前の二〇週目——五月末頃に製造されたタイヤだった。走行距離の二年もしくは二万キロでの交換目安を考えると交換をすすめてもいいが、大径タイヤの交換は空腹時の作業としては荷が重い。なにより、この車にこれ以上深く関わってはいけない。洗車仕上がりをチェックした末、萌衣は受注書を持ち店内へ客を呼びに行った。

自動ドアが開いた瞬間、店内から爆撃音が轟《とどろ》いた。五〇インチ液晶テレビ前のソファーの真ん中に太い体躯のタムラが陣取り、作業完了待ちの他の客たちはそれを避けるように壁際のスツールや子供用プレイスペースでひっそりとしている。最大音量にまで上げられたテレビで再生されているのは店に十数枚置かれているDVDのうちの一枚、『男たちの大和／YAMATO』で、ちょうどレイテ沖で戦艦大和がアメリカ海軍の爆撃機へ徹底抗戦しているシーンだ。プロペラエンジンや絶叫、砲撃や機銃掃射の爆音が響く。早送りで好みのシーンを見ているのか。

「タムラ様」

出入口から声をかけた萌衣だったが、聞こえていないようだ。近くまで寄った。

「タムラ様」

「あ、終わった？」

「はい、作業が完了したので、仕上がり確認をお願いいたします！」

「はいよー」

腰を上げたタムラを店舗出入口の前まで誘導する。店内でテレビのリモコンを操作する池谷の姿が萌衣には見えた。

「ご確認いただきまして、気になるところがございましたらおっしゃってください」

「はいはい」

タムラはぐるっとまわりながら車のフロントと側面はほとんど流すように目をやるだけで、リア部分に関して、立ったり屈んだり執拗なチェックを行った。やがて萌衣に笑顔を向けた。

「オッケー」

「ありがとうございます、それでは受付にてご精算をお願いします」

店内に入るとテレビの音量は下げられていた。受注書を池谷に渡しタムラと入れ違いに外へ出て、グロリアの運転席横に立ち、見送りの待機をする。すぐ側でカイエンの拭き上げ作業をしていたケンジが自分の右耳を指さしクルクルパーのジェスチャーをした。耳の悪いヤクザはまだ三〇代、いっていたとしてもせいぜい四〇代前半にしか見えない。聴神経を損傷させるような、たとえば耳の近くで銃声が轟いたりという修羅場に何度も居合わせたのか。

給油レーン全体を覆うように設置された屋根に埋め込まれた、水銀灯の明かりが、さきほどまでより存在感を増している。辺りは暗くなっていた。運転初心者でも入りやすい角地の立地柄、周辺のガソリンスタンドで給油台数は最も多い。タムラを待ち続けていると、萌衣は近くの第三レーンに古い軽自動車を停めたお婆さんに手招きで呼ばれた。

「お姉ちゃん、やってくれる？　年寄りにはわかんないのよ」

「はい、わかりました」

セルフ給油に適応できないお年寄りは多い。ここから五キロ圏内にフルサービスのスタンドも四軒あるが、セルフのほうが平均的にリッターあたり数円安く、ここらの人たちは少しでも節約しようと優先的にセルフスタンドを利用する。仮に価格差が二円あり、大型車のほとんど空の状態から満タンまで約七〇リッター給油したとしても合計差額は一四〇円にしかならないが、その一四〇円も惜しいのが今の地元民に共通する感覚だ。

「もうねー、二四時間やってるとこは増えたけど、どこも店員さんがいる時間は七時くらいまででしょ、だから結局、この時間帯までじゃないと給油できないの」

「そうですよね」

「でもこの前、土浦まで私の姉を送り届けた日があって帰りにここへ寄ったら、一〇時過ぎで、しまったと思ったんだけど、もうここで給油しなきゃなんないくらい残りがなかったから、あそこの建物はシャッター閉まってたけど中に人がいるのは知ってたからこのインターフォンで呼び出したら、操作方法を教えるのでその通りにやってみてくださいの一点張りで、客が頼んでんだからこっち出てくるくらいしてくれたっていいわよねー」

「そうですよねー、すみません。ただ、夜勤の従業員は一人で給油許可のボタンを押さなきゃならないので、夜でも混んでるときは外に出られないんですよ」

「でもねー、人と人との交流？　そういうのが、今の世の中は大事よねえ」

握っていたグリップからガチッという反動が萌衣の手に伝わった。自動停止装置がはたらいたのだ。合計一八・五リッター分の支払いは、現金らしい。この店舗で採用しているシャープ製の型遅れのＰＯＳシステムは紙幣しか扱えないため、出てきた釣り銭交換レシートを、近くにある釣り銭機のセンサーにかざし受け取ってもらう。客の手持ちの現金が絡むことなので萌衣としてはやりたくなかったが、お婆さんの「よくわからない」連呼に負け、小走りで換金してきて釣り銭を渡したところで、店から出てくるタムラの姿が見えた。

グロリアのもとへ急いで走る。直後、徐行にしては速すぎる速度で入店してきたシルビアに目の前を通過され、反射的にふんばって立ち止まり、再び走り出したとき左足の付け根に鈍痛を感じた。筋を痛めたか。ぎこちない足どりでグロリアの運転席横まで寄り、乗ろうとしているタムラへ向き、直立の姿勢をとる。

「ありがとうございました」

「おう。姉ちゃん、なかなかいい腕してるから、また今度困ったときも頼むよ」

タムラがドアに手をかける寸前に、車体がわずかに揺れた。

誰も触れていないのに、揺れた。

タムラはトランクを一瞥したが、なにもなかったかのように運転席に乗りエンジンをかけた。グロリアがゆっくりと前進し始めたとき、萌衣は慌てて声を出した。

「ありがとうございました！」

腰を中心に四五度の角度まで頭を下げ、二秒待つ。頭を上げると、視界からグロリアは消えていた。

「今から昼っすか？」

「そうだよ。その洗車、手伝わないよ」

カイエンの拭き上げをしているケンジに、萌衣は言った。

「一緒にこの車終わらせてからにしませんか？ 室内清掃もあるんですよ。勝俣さん、海にでも行ってきたのか、今日に限ってマットが砂っぽいんすよ。萌衣さん、お客様を待たせていいんですか？」

「そこまで愛社精神ないよ。社員じゃないし」

「社員みたいなもんでしょう」

「まあ、草野みたいに使えない大卒社員よりは、会社に貢献してるけど」

「草野さん、この前俺と治《おさむ》さんにお好み焼きおごってくれましたよ。本社採用の人は気前いいですよやっぱ」

「私のほうが稼いでるよ、まだ」

「じゃあおごってください」

ケンジを無視し整備ピットへ顔を出した萌衣は、店のナンバー2社員であり整備士の松田へ休憩に入る旨を伝え、次いで店長に伝えようとフィールド内を捜したが見つからず、従業員用通用口から店内に入る。出勤したばかりの大学一年生のアルバイト伊沢遼介《いざわりょうすけ》が、カウンターでお客さん相手に作業の受注手続きをしていた。気づかぬふりをして萌衣は休憩室へ向かう。ドアを開けると話し声が聞こえ、ユニフォームから私服に着替えている最中の四郎丸《しろうまる》店長と、制服姿で喫煙中の池谷の二人がいた。

「休憩入ります」

「おお、お疲れ」

壁の掛時計を見ると、午後五時一七分だった。今から四〇分間、昼休憩に入る。

「悪いんだけどよ、今夜地元の消防団の集まりがあってさ、早めに帰らせてもらうわ」

「店長、車検整備、マジェスタが手つかずですけどどうします？　ピットはまだプレミオのタイベル交換中の松田さんが使ってて、かといって重すぎるマジェを外のサブリフトで上げるわけにも……エアサス壊れちゃうし」

「弱ったな……マジェの車検見積もり出したのって草野だっけ？　自分じゃ整備できないくせに、お客さんに調子のいいこと言って面倒な注文とってくるからな。一応、受注書確認しておいて」

「マジェのお客さん、たしか引き取りに来るの夕方ですよ」

「ホント？　池谷さん。じゃあ明日草野にやらせればいいっぺ。あいつも最近ようやくブーツ交換できるようになったし、なんとかなるだろ。じゃあ皆さん、お疲れ！」

オレンジの短パンに黒Tシャツ姿の店長は、手提げ鞄を持ち、休憩室を後にした。

「お疲れじゃねえよ、何が消防団だよ、マジェの整備確認してから帰れよ。明日松田さんも萌衣ちゃんも休みなのに、面倒くさい整備あったらどうすんだよ」

灰皿に吸い殻をおしつけながら言う池谷に、萌衣も相づちを打った。

「まあ一応、萌衣ちゃん、四郎丸の言ってたとおり、あとで受注内容確認しておいて。もし草野とか店長じゃ手に負えなさそうだったら、明日も出てもらうかも」

「嫌ですよ」

社員ではないため実質的に労働基準法は適用されず、一ヶ月三〇日間勤務も可能と、ベテランアルバイトは店にとって使い勝手が良い。半月前に決めた非番日も、当日に平気でふいにされた。

「私も帰るわ、子供迎えに行って夕飯作らなきゃ。萌衣ちゃんは今から昼か」

「ラーメン食べるか、セブンかほっともっとで弁当買ってくるか、カワチでカップ麺買ってくるか、どれにしようかな、今日は」

上半身のユニフォームだけ脱ぎ上はTシャツ、下は化学繊維のズボンのまま、萌衣は池谷と共に外へ出て駐車場で別れた。

パールホワイトのトヨタ・ゼロクラウンのドアロックをスマートキーで解錠し、運転席に乗りドアを閉める。この重厚な開閉音には、所有し半年経ってもまだ飽きない。一年半落ち、走行距離四〇〇キロ弱のほぼ新古車といえる物を、専門学校時代に知り合った板金屋の息子に頼み、業者専門カーオークションで落札してもらった。乗り出し価格は三〇〇万だった。高校時代から金を貯めていた萌衣は、キャッシュ一括払いで購入した。

池谷の乗る黒い箱型の軽自動車ホンダ・ザッツが先に出た後、エンジンもかけず無音状態の車内で、萌衣は何を食べようか考える。交差点の対角にあるドラッグストア、通りに面したこの店と同じブロックの約二〇〇メートル南にあるコンビニ、隣のラーメン屋、ラーメン屋の向こう約一〇〇メートル先にある弁当屋。どこも徒歩三分以内で行ける距離だが、車で行く。電車で千葉の柏まで通学していた学生時代とは大違いで、今年春から移動手段として自らの足を全然使わなくなった。それでも職業柄立ったり座ったりの動作が多いから、健脚を保てている。

外界から隔離された暗く静かな車内で、萌衣は眠りそうになる。スタンド内でエンドレス再生される店内放送、ピットで定期的に響く巨大コンプレッサーの稼働音、出入りする車の走行音、誰かに呼びかける人の声――すべての音が、かすかにしか聞こえない。

　店長は帰ったが、ピットから出たがらない社員の松田から、いつどんな仕事を言いつけられるかわからない。萌衣はエンジンをかけ公道へ出ると、ドラッグストアの巨大駐車場へ入った。

　ドラッグストアの店内は、薬品コーナーより生活用品、食料品コーナーのほうが広い。カップラーメンとヨーグルトの会計をレジで済ませ、萌衣は車へ戻った。

　フロントガラスから、交差点を挟み対角に位置するガソリンスタンドが一望できる。今日も自分が朝一〇時から一七時過ぎまで、ずっと働きづめだった場所。七時間以上の労働もすべて、空き地に囲まれた二〇〇〇平米の土地の中で行われた事に過ぎない。

　さっきグロリアを揺らしたなにかは、生きていたのか。それとも、死にゆく途中だったか――。

　休憩室へ戻ると無人で、時刻は午後五時三二分だった。水を足し入れたポットの沸騰ボタンを押し、待つ間にテレビをつけ、ヨーグルトの蓋を開ける。

　スプーンですくったヨーグルトの塊を、口の中へ運んだ。痛い。糖質に口腔《こうこう》内の粘膜が自らの意志をもったように吸いつき、二口目、三口目までその反応が繰り返された。細胞レベルで空腹を感じていた。沸いた湯をカップラーメンへ注ぎ、二列向かい合わせの長机に置かれた小型テレビのチャンネルを変えてゆく。とあるニュース番組ではデパ地下特集で色とりどりの海鮮丼が映っていて、洋風海鮮丼を見ながら萌衣はカップラーメンを食べた。

食べ終え時計を見ると五時四三分で、休憩終了まであと一四分ある。人体の内燃機関ミトコンドリアが活性化し身体に熱が沸いてくるのを実感した萌衣は、眠気にも襲われだした。パイプ椅子をもう一脚引き出し、足を乗せ仮眠の体勢になる。キッチンタイマーを一四分にセットし、スタートボタンを押す。テレビを消すと、明るい蛍光灯の真下で、瞬く間に意識が朧《おぼろ》になった。

七時上がり予定だった萌衣が結局、遅番バイトたちとともに閉店処理までつきあわされたあと休憩室へ戻ると、午後八時半を過ぎていた。夜勤のおじさんがタオル類の洗濯や使わない照明の消灯をしに外へ出ていて、シャッターの閉められた店内のデスクではナンバー2社員の松田が、金銭処理やオンライン日報の執筆にはげんでいる。作業受付は七時半で終わりでも給油自体は二四時間可能なため、店に人の気配がする限り、受付時刻を過ぎてのパンク修理やバッテリー上がりなど、緊急な整備の依頼が舞い込むこともある。タイムカードの退勤打刻を済ませた今、さっさとスタンドから去るのが望ましい。

それでも萌衣は、高校生のケンジや専門学校生の治、大学生の遼介たちとともにテレビで放映中の『警察密着二四時！』を惰性で見続けていた。ブラックパンサー部隊なる、白バイ隊とも異なるバイク少数精鋭部隊から逃げようとする原付暴走少年の無茶な走りに、四人で口々に突っ込みをいれる。吸っていた煙草も根本まで灰になりもう帰ろうとしたが、CM明けに韓国系暴走族の特集が始まったため、萌衣は新しい煙草へ火をつけてしまった。

「萌衣さん、一本お借りしていいですか？　明日返します」

年に似合わぬ嗄《しゃが》れ声の遼介に頼まれ、萌衣はセブンスターを一本手渡した。

「明日は出ないよ」

「え、出るんじゃないんですか？　松田さんが言ってましたよ」

「は？」

「たぶん、出てもらうことになる、って」

萌衣はスリッパをはきカウンターへ行くと、デスクライトの明かりのみつけパソコンで入力作業をしている松田に訊いた。

「明日私、出るんですか？」

松田は後ろのホワイトボードの、作業予定表を見ながら答える。

「うん、そうだね。明日車検引き渡しが三台あるけど、見積書確認してよ」

プラスチック棚から引き出した明日三台分の車検整備見積書を萌衣が見ると、ついさきほど松田がタイミングベルト交換を済ませたプレミオ、タイロッドエンドブーツ交換やその他諸々の細かい整備を伴うプレマシー、そして足まわりの各ブーツにファンベルト交換他多数整備に加えケイ素系ポリマーコーティングと合計八万円分もの整備内容となっている古いクラウン・マジェスタがあった。特にケイ素系ポリマーコーティングの乾燥時間が最低五時間は必要なことを考えれば、マジェスタは朝から作業しても、引き渡し時刻の午後五時に間に合うかどうかわからない。

「明日出社する社員さん、店長と草野さんだけですよね。松田さんも出たほうがいいんじゃないですか」

「ダメダメ、もう予定入れちゃってるから。86《ハチロク》トレノのミーティングがあるんだよ、群馬で」

「明日土曜で晴れ予報だし、洗車多いはずですよ。土浦車検場が休みでバイトを認証の阿見店まで送り出さなきゃいけないし、人手足りないですよ。店長はマジェのブーツ交換やらないでしょうし、草野さんはファンベル交換も無理でしょう。どうすんですか？」

「だからさー、たぶん明日の朝、店長から萌衣ちゃんに電話かかってくると思うんだよね。整備士免許持ってるんだし、頼むよ」

「いや、時間自由に使いたいからバイトでやってるんですから。松田さん、出てくださいよ」

「だから、ミーティングなの。萌衣ちゃん明日、予定あるの？」

「えっ……彼氏に、会いますよ」

「彼氏、土曜も営業してるんじゃなかった？」

「今週はノルマ達成できそうだって昨日電話で話してたし、明日は会います」

「じゃあ朝早めに来て、ファンベル交換だけ頼むよ。なにも彼氏と午前中からイチャつかないでしょ？」

　萌衣は人員の少ない明日のシフト表を見て、元ＩＴ企業社員で今はアルバイトの篠山《しのやま》に電話をかける。公務員試験の勉強をしたいとゴネるのを説き伏せ、朝から出勤してもらうことにした。

ゼロクラウンで一本道を走る。午後九時半過ぎ、ひたすら東へ延びるこの道の交通量はほとんどない。スタンドを出て五分しか経っていないが、真っ直ぐな道に入って以降、段々と周囲から人工的な明かりが減ってゆく。田畑の中の道には街灯がまばらにあるだけだ。

萌衣は暗く静かなこの道を走る時間が、一日のうちで一番好きだ。日中と違い、周囲の風景は人が見たいと思うものしか照らされず、見たくないものは闇に隠される。

吸音材のたくさん張られた高級車の静かさに慣れると、以前乗っていた薄いボディーのコンパクトカーには戻れない。軽自動車のマフラーを交換し爆音で走らせるような者たちの気が知れなかった。萌衣の中で、改造を施していい軽自動車はアルトワークスかビートだけで、それ以外の軽自動車の改造に励んでいる人間は、例外なく軽蔑の対象だ。みみっちい改造をするならまともに働きちゃんとした車を買うべきだという考えは、ゼロクラウンを手に入れてからさらに強くなった。

半年前まで乗っていた母からお下がりのフィットと違い、萌衣はゼロクラウンにほぼ純正のままで乗っている。デザインが気に入って替えたアルミホイールも径自体は変えていないし、サスペンションやブレーキパッドもノーマルのままだ。他にはせいぜいパイオニア製カーナビシステムくらいしか社外品は搭載していない。素人のカスタム知識より、自動車メーカーで働く設計者たちの意思を尊重して間違いはない。ガチガチに固めた足まわりで不快さを我慢しながら公道でのコーナリング性能を求めたりするより、走りの静かさとアクセルペダルを踏んだ時の圧倒的余裕を大事にしたい——外界と自分との遮断。その嗜好は純正の時点で実現されていた。

たまに遭遇する信号にも全然つかまらず、萌衣は十数分間ノンストップで車を走らせていた。そのうち、車内外のあちこちに埋め込まれた青色ＬＥＤで周囲を照らす、イカ釣り漁船みたいな黒い軽自動車が、爆音を轟かせ対向車線を通り過ぎた。

走行中にもテレビが見られるようにしてあるものの、萌衣が車内でテレビを見ることはない。スタンドの休憩室では見ていられるテレビも、この車内や家では無理だ。どうでもいいものによって自分の内側がかき乱されるような感覚がするからだ。スタンドで見るテレビは、他者と関わりをもつためのツールだ。

家の中でテレビを見ると、自分も母みたいに生産せずただ食い尽くすことしか考えない人間になりそうで萌衣は怖かった。出演者たちへの悪口をつぶやきながらも毎日欠かさずなんらかの番組を、録画でなくリアルタイムで見るようになっては終わりだと思う。リビングに一人でいる時も馬鹿笑いをしたりするのは、本当に嫌だ。

平均三八分の道のり中、およそ半分まできたところで、萌衣はオーディオの再生ボタンを押した。彼氏の哲雄《てつお》から借りＨＤＤに取り込んだＪポップスＤＪミックスアルバムの、前回再生終了時点から続きが流れる。

早送りボタンを適当に押し、他の曲に変えた。遮音された車内に十幾つもスピーカー搭載というサラウンド環境の中、脳に直接伝わる信号音のようなリズムが響く。アンダーワールドのアルバムだ。ドラムンベースに乗っかりシンセサイザーの演奏が始まる。

路面整備工事が施されて間もない区間に入り、一定の距離ごとにある継ぎ目からの振動を、わずかに感じる。萌衣がアクセルペダルを少し踏み加速させると、尻に伝わる路面からの振動とコンピューター制御の曲のリズムがシンクロした。曲により脳と車が直結されたかのようだ。

空に浮かぶ光の点線が前方に迫ってきていた。立派な橋脚の上に建造された圏央道で、等間隔に並ぶ常夜灯が近未来的な雰囲気を醸し出している。この市からつくばまで延びる高速道路の真下に、橋脚設置を受け入れるための土地を持っていた農家の人たちは、国から莫大な金を受け取った。圏央道成金と呼ばれ、その御利益にあずかれなかった人たちから妬み蔑まれていた。田舎だからか、新築家屋を建てるか高級車を何台も所有するくらいしか、金の使い道がないらしい。スタンドに来る高級外車のオーナーたちの約三分の一は、圏央道成金たちだった。

圏央道へ近づくとき、萌衣はよく思う。自分はいつでも、あの空に浮かぶ道に乗ることができる。北西へと延びる圏央道はつくばで常磐道に接続し、それは北や南、全国の高速道路、そして毛細血管のように張り巡らされた無数の一般道へも地続きで繋がっている。車と稼ぎもある今、誰からの許可も必要とせず、すべて自分の意志と責任で自由に行くことができるのだ。だがなんとなく、そこまで踏みだすほどの必然性が萌衣には見つけられない。それなのにどうして、空に浮かぶあの道が気になるのだろうと思った。

街灯もない地帯に入り、速度を落とした。田に囲まれたひび割れの多い道の先に、生け垣で覆われた土地が見える。ロービームに切り替え、光や音で静けさを破らぬよう、徐行運転で進んだ。土むき出しの庭の端、三台収容可能な車用ルーフの向かって左側へ、バックで静かに車を入れる。ライトを消し、エンジンを切った。

萌衣の目が暗さに慣れてゆくと、リビングの掃き出し窓から漏れる明かりを中心に、二階建ての家の全体像が浮かび上がる。祖母が寝ている和室の横で、母はテレビでも見ているのだろう。二階に明かりはない。姉が出ていって以来、二階を利用する人間は萌衣だけになった。

萌衣はトートバッグから取り出した携帯電話で、哲雄に電話をかけた。五コール目で繋がった。

「今平気？」

——ああ。萌衣、車の中？

「よくわかったね」

スピーカーを通し、外気の擦過音や車のロードノイズが聞こえた。

——今から帰り。駅に向かって歩いてるところだよ。

「お疲れ。場所はどこだっけ？」

——今日はワラビ。埼玉の外れ。電車で一時間半くらい。

「そんな長い時間、電車に乗るなんて無理」

萌衣は自分の脳や身体の、凝り固まって機能していなかった部分がほぐされていくように感じた。

——今日はよくやったから、さっきラーメン屋でノンアルビール飲んだ。

「本当にノンアルコール？」

——飲酒運転で捕まったら会社クビだし。会社に守られるかわりに、臆病にもなった。

プリクラ機設置の営業という、福利厚生もないうえ歩合制の安月給で従業員を使い捨てる会社に、哲雄は守られているのだろうか。萌衣は疑問に思う。

——萌衣も社員になればわかるよ。っていうか、なっちゃえよ。

「嫌だよ、少なくとも二、三年は今より月給下がるし、時間自由にならないし」

——休みは増えるだろう。あとそうだごめん、今週はじめの成績が悪くて、明日は大宮エリアをまわらなきゃならなくなった。

「大丈夫、私も明日、急にシフト入れられた。マジェの整備やらされそう。しかもエアサス」

——うわ、免責五万くらわないよう慎重にな。

暗闇だった視界の端が、光で切り裂かれた。

——日曜、何して遊ぶかな。

曇りガラスの引き戸の向こうに、人影が立っている。引き戸が横に開かれ、玄関灯の明かりが屋外へ伸びた。

——もう泳げないけど、海行くってのもいいかもしれないし……。

玄関先に出てきた人影は、やがてゼロクラウンのほうへ近づいてくる。

「ごめん、お母さん来た」

――え？　ああ、お母さんね。……美人のお母さん。

「あとでメールする」

――わかった、じゃ……。

運転席側の窓ガラスが強く、握りしめた拳で何度も叩かれた。肌色をした深海生物に襲われているかのようだ。通話を切った携帯電話を尻のポケットにしまった萌衣はドアロックを解錠し、トートバッグを持ち外に出た。険しい形相の母が、至近距離に立っている。

「ただいま」

「いつ帰ってたの。車の中で何してたの」

「今、帰ってきたんだってば」

直後、萌衣は右頬に痛みを感じた。平手打ちを食らった。

「なんなのその言い方は！」

つんざくような声が間近で響くが、土の庭で音は吸い込まれ、隣家に知られることもない。無言でいるとまた同じ箇所を張られ、それを萌衣はよけきれなかった。

四〇代後半の母は華奢《きゃしゃ》だ。暴力の場でものをいうのは体格や運動神経ではなく、いかにリミッターを外すかだ。母は、肉親に対するリミッターを機能させていない。

「さっさと風呂入りなさい」

玄関から入ってすぐ左横のリビングへ入る母を後目《しりめ》に、萌衣は暗い廊下を進み洗面所へ向かう。トマトソースの匂いが漂っている。ろくに働きもしないのに一枚三〇〇〇円近くもするピザを月に何度も注文できるのも、父から娘たちの養育費を未だもらい続けているからだ。先祖から受け継がれてきた家に住んでいるため、月々の生活費は低く抑えられる。東京で一般職のＯＬをやっている姉が月に一万円、手取り二八万円程度稼いでいる二〇歳の萌衣が月に三万円を家に入れている今、父が養育費を払い続ける法的義務や義理はどこにもない。

ただ一つ、祖母の存在がある。あの人を見捨てることはできないと萌衣は思う。ひょっとしたら父は、祖母を見捨てられない次女を助ける意味で、今も養育費を送ってくれているのかもしれない。

風呂に入ると、全身が弛緩した。最後に母が入ってから一～二時間は経っているだろう。湯温は萌衣が入ることでまた少し下がり、体温に近づいた。皮膚とお湯の境がなくなり、首から下の存在感が希薄になった。肉体的疲労や、喜怒哀楽といった感情も、すべてがぼやけてくる。

＊

これ以上、進まないほうがいい。何工程も前からわかっていながら、萌衣は手を休めることができないでいた。

軽自動車のタイミングベルト交換なら先月に一台、成功させていた。ディーゼルエンジンのバン、エスティマルシーダのタイミングベルト交換に朝からかかりきりの萌衣は、正午過ぎの今、迷宮にはまっていた。外す必要のないビスや部品を外し、つけ直してから、やはり外す必要があったと気づく――そんなミスの連発に、疲弊と焦りを覚えていた。間違える前の元の状態に戻すため、自分がどう作業してきたか、記憶をさかのぼるのにも苦労する。

幸いにも今日の車検整備はこのエスティマルシーダ一台で、客への返しは明日の昼だ。出社している社員は店長と草野の二人だけで、整備士の松田はナンバー2研修で木田余《きだまり》のスタンドへ出向いている。非番日扱いの研修が終了した後、こちらのスタンドへ来るかはわからない。元国産最大手自動車メーカーのディーラー整備士の松田からの助けは期待できないという覚悟のもと、萌衣は慎重を期したつもりだったが、気づけばこの有様だ。行くも帰るも、迷宮の深みへとはまってゆくが、いつまでもメインリフトを占有しているわけにもいかない。

　タイミングベルト交換は難しい整備だ。おまけにウォーターポンプの交換も同時に行う。自動車専門学校を出て二級整備士の免許を取ったくらいでは、経験が足りず不安だらけだ。だが店でやったことのない難しい整備は他にも沢山あった。エンジン換装、エンジンやミッションのオーバーホール――それどころではない、電気自動車等次世代車の電子部品のブラックボックス化に対応できなくなれば、高度な知識と技能をもたない整備士は失業する。タイミングベルト交換ができないということは、己の未来を失うのと同じだ。

　萌衣はエンジンルームにつっこんでいた手を抜き、車から離れた。前屈みの姿勢を続けたせいで、直立するだけでも腰のストレッチになる。萌衣の腰の高さまである直方体の機械、オートマチックフルードチェンジャーの上に置かれたエスティマルシーダ整備マニュアルのページをめくりかけ、軍手が黒い油で汚れていることに気づいた。軍手を脱いでも油は指にまで染みわたっており、ピット端の簡易洗面台でスクラブハンドクリーナーを用い指の間まで丹念にこすった。

整備マニュアルを見返す、という基本に従わなかったのがいけない。萌衣は冷静になる必要性を感じた。一〇分休憩に入ろうとしたとき、大卒社員の草野がピットへ入ってきた。

「萌衣ちゃん、お母さんが給油に来てるよ。七番レーン。篠山さんに教えてもらった」

「そうですか」

「やっぱお母さんのほうが美人だね」

成人した今でこそあまり言われなくなったが、中学・高校時代まではデリカシーのない同級生たちからよく言われてきたことだった。

「あれ、もう帰っちゃうのかな……」

萌衣も目を向けた。母は七番と八番レーンの間にある吸い殻入れに吸い殻を捨て、運転席へ戻った。九月下旬の晴れの日、膝上丈の黒いワンピースという格好は、四〇代後半の女にしては露出しすぎだろう。娘二人よりも小ぶりな膝頭を見せつけたいのか。

「お洒落して、どこ行くのかな？」

「知りませんよ」

家では着古したスウェットしか着ない母が、わざわざ家から三〇キロも離れたこのスタンドにまで来て給油となると、その目的は買い出しなどではない。西の国道六号に出て、北の筑波方面か、もしくは南の柏方面へでも向かうのだろう。時間帯的に、昔から勤めたり辞めたりを繰り返している水商売ではないはずだ。平日の昼間から自由に時間の使える男とでも、会うのか。母の乗るグリーンのマーチのエンジンがかけられる音が聞こえた。

「お母さん、タレントやってたんだもんな、そりゃ美人か」

「好景気の頃に、歳ごまかして水着でチョイ役やった程度ですよ」

「でも、水着でテレビに出られるなんて、すごくない？」

「ほら、白のワゴンR、来ましたよ。洗車でしょう」

「ああ、佐野《さの》さんか。レディースデーだし、来るとは思ってたけど」

草野は小走りでピットから出て行った。手洗い洗車の料金が半額になる毎週水曜のレディースデーには、常連の女性客たちがよく来る。晴れだった日の場合、佐野さんは毎週洗車しに訪れた。四人家族で三台の車があり、ワゴンRの時もあれば夫のマークⅡ、息子のヴィッツで来ることもある。話し好きの佐野さんはアルバイト全員の苗字まで覚えており、時々ジュースやみかんなどをくれた。

今日の状況だと、洗車は整備のできない人員に任せるしかない。現場での経験を積み数年以内に東京の本社勤務となる草野や、元IT企業勤務で今は公務員試験勉強中のアルバイト篠山も、ろくに整備はできない。

それに、五日前の洗車の記憶が、萌衣の頭の中から消えていなかった。「GLORIA」の「O」の真ん中に付着した赤黒い点。誰も触れていないのに揺れた車——洗車で災いの匂いをかぎつけてしまうのは、もう御免だ。

サービスマニュアルを読むも集中力を使い果たしていた萌衣は、休憩に入ることにした。

「一〇分もらいます」

従業員たちに声をかけてまわり、休憩室のドアを開けた。マットの上に、安全靴と大きな黒い革靴があった。気づいたときには遅く、萌衣は店長の他に、ワイシャツを着た大柄な中年男の姿を認めた。

「一〇分、もらいます」

「はいよ」

「おーう、小日向《こひなた》ちゃん、お疲れー！」

短く刈り込んだ天然パーマの中年男は、いかつい形相に似合わぬ大仰な笑顔で片手を挙げた。東京本社から北関東支部茨城担当の阿刀《あとう》部長が来ていたとは、気づかなかった。社有車のウィッシュがスタンド敷地内に出現すれば、いつもなら場の空気を一変させる緊張感で気づく。一〇分休憩では外へ逃げようもない。全然くつろげないが仕方なく、阿刀部長の横のパイプ椅子に腰掛けた。タイマーをセットする。

「小日向ちゃん、どうよー、最近？　ピットでさっき見たけど、何やってたの？」

「エスティマのタイベル交換です」

「え、そんなことまでできんの⁉」

「部長、こいつ、先月ムーヴのタイベル交換やってますからね。松田さん立ち会いのもとでしたが」

満足そうにうなずく阿刀部長の頭の振りはどんどん大きくなり、ぴたっと止まった。

「すごいね小日向ちゃん、まだ二〇歳でしょ？　二級整備士取ったからって、すぐできる人はなかなかいないよ」

「でも、今とりかかってるエスティマ、手こずってます。松田さんがいないので……煙草いいですか？」

「ああ、じゃんじゃん吸っちゃって」

店長も部長も吸っている分、萌衣は躊躇なく許可をとれた。

「いざとなったら、ナンバー2研修が終わり次第、松田をこっちに呼んじゃえばいいんだろ？　あ、でも研修は非番日扱いか。エスティマのお返しはいつなの？」

「明日の昼過ぎです」

店長が答えると阿刀部長はうなずいた。

「だったら明日の午前中に検査場で通せば間に合うから、小日向ちゃんがやれるだけやってみて、もし無理だったらおまえ、四郎丸さんがやればいいんだろう」

「自分が、っすか。自分もタイベルはそんなに数こなしてないんで……困ったら松田さんに頼みます」

笑いながら言う四郎丸店長をよそに、阿刀部長は萌衣の肩をつつく。

「どうだい、もういい加減、社員になっちゃいなよ」

萌衣は曖昧な笑顔を浮かべた。ここ数ヶ月間、会う度に部長から何度も切り出されている話だ。

「カーケア成績だって、バイト入り立ての頃から抜群に良かったじゃない。ましてや二級までとって、今やタイベル交換まで」

「部長、あとこいつ、危険物乙種も持ってますよ。平成生まれのくせに、自動車免許も中型持ってますからね、わざわざ試験受けて」

「本当！　じゃあ社員が全員出払っても、小日向ちゃんさえいればスタンドが営業できるってことだし、中型トラックなんかも検査場まで運転できるじゃん？　そのうえ二級整備士ときたら、認証整備だってできる」

「たしかに、現場の戦力としては草野より使えますね」

「ほら、スタンド一筋の叩き上げ、四郎丸店長も言ってるんだ。小日向ちゃんは逸材なんだよ。社員になって損はないでしょ」

「でも、時間が自由に使えなくなるし、今より月給下がるのも嫌なんですよね」

「見かけの数字に騙されちゃいけないよ。今、小日向ちゃんは毎月手取りで二八万くらい？　年末は三〇万以上稼いだか」

「はい。それと、健康保険にだけは入れてもらっています。それで充分かと」

「たしかに社員になればむこう数年間、今より五万以上手取りは減る。大卒の本社幹部候補枠の草野でも、入社三年目の今で毎月二六万くらい。専門学校卒で北関東支部採用だと額面二一万、手取りは一八万くらいか。四郎丸さん、おまえ、合併前の会社からはいくらもらってた？」

「トーカイにいた頃は最悪でしたよ。高卒入社の初任給が額面一九万、手取りは一六万五〇〇〇くらいで、同じ時間働いているアルバイトよりもらえていませんでしたね」

「そう、よそよりうちの待遇はいい。健康保険に厚生年金、労災にも加入できる。有給もあるし、育児休暇もとれる」

社員は皆、有給も使えないうえに研修は非番日扱いになるとぼやいている。祝日も休日扱いにはならない。しかし確実に月六日は休みをとれるし、給料から天引きされる保険料等の優位性は、萌衣も理解している。

「でも、慣れ親しんだここのスタンドから離れたくないっていうのもあるんですよ」

「社員になればたしかに、北関東エリア内での異動は避けられない。でも家から遠くなれば、一割負担で社宅に住めるよ。相場でいったら四万円のワンルームに、四〇〇〇円負担で。水道光熱費は別払いだけど」

月々一万円弱の支払いで、自分だけの城を持てる。哲雄と一夜を過ごすのにも、顔見知りが働いているラブホテルへ行かずに済み、なにより、実家から離れられる。

だが、祖母がいる。愛すべきおばあちゃん。自分だけ逃げて済む問題ではないだろう、と萌衣は思う。

「小日向ちゃんは危険物乙種と二級整備士持ってるから、毎月三〇〇〇円のプラス報酬がつくしさ。半年ごとのボーナス、在籍年数や等級に応じた昇級もある。一〇年前はトーカイから一九万しかもらえていなかった高卒の四郎丸店長も、今は北関東エリア第三位の店の長だ。結婚して子供四人も養えてる。四郎丸さんの年収、六五〇万だよ。スタンドの成り上がりが、二九歳にしてそんだけの額をもらえるんだよ。今時、大卒サラリーマンでもそんなにもらえる人は珍しいってのに」

「やめてくださいよ部長！　まあ自分も、効率的なやり方っていうんですか、何かを計算ずくでやってきたわけではなくて、ただただ目の前のことをがむしゃらにやってきただけですよ、体一つで」

「社員になれれば、小日向ちゃんにもそのチャンスが与えられるんだよ。身体の衰えを感じてくる四〇手前くらいでタイミング良く、北関東支部茨城担当の管理職にでもなって、東京本社でデスクワークをして過ごせるようになるかもしれない」

「でも、管理職なんか自分に向いてなさそうっていうか……」

「大丈夫だよ、タイベル交換できるんだから、管理職も楽勝だよ」

ずっと茨城で育ち、最終学歴が自動車専門学校卒業の自分が、かっちりした服装で電車に乗り、二十数階もの高さのあるビルで働くのか。当然、その近くに居を構えるのだろう。

タイマーが鳴った。それを止めた萌衣は煙草を灰皿におしつける。

「休憩上がります」

「前向きに考えてよ。悪い話じゃないんだから」

「萌衣、出たら池谷さんによ、従業員に対して馴れ馴れしく下の名前なんかで呼ぶなって何度も言ってるだろうがよ。お客さんに聞かれたら、友達感覚でやってるのかと思われるだろう」

「おい四郎丸さんよ」

池谷はカウンターでジャージー姿の三〇歳くらいの女性相手に接客中だった。赤の受注書に記入してもらっているから、オイル交換だ。店の出入口の前に、社外エアロパーツが取り付けられ車高も下げられた黒の古いスープラが置かれていた。メインリフトが塞がれているため、スープラのオイル交換は屋外のサブリフトを用いて行わねばならない。直線番長とも呼ばれる三〇〇〇ccの高排気量車は純正でも重量があるし、社外エアロパーツの存在が厄介だ。車両側面、地面すれすれの高さで装着されたエアロパーツにダメージを与えず車両を持ち上げるには、微調整のききづらく最大耐荷重量も低いサブリフトでタイヤ一本だけ持ち上げた状態でやるしかない。エアロパーツのどれもが罅《ひび》だらけで塗装も剝げまくっているが、傷つければ客から文句が入り、弁償の対象となる。

　不吉な予感がし、萌衣は池谷の肩越しに受注書をのぞいた。オイル交換のみで、エレメント交換やクリーニングはなし。オイルも最も安いリッター九〇〇円のもので、金を出し惜しむ客だということは依頼主の服装からもわかる。

　キーを受け取りスープラのそばに近づいた萌衣の目は、磨り減ったタイヤに向けられた。タイヤ交換を勧めるどころか、警戒心が高まった。

　メーターの総走行距離を見ると、一〇万八五七四㎞だ。廃車処分するか、タイミングベルト等の交換を経て乗り続けるかの峠である一〇万キロを超えている。この車がきちんとしたメンテナンスを受けてこなかったことは、ボンネットを開けずともわかる。しかしダッシュボード側面に目を向けると、オイル交換済みを示すシールが何枚も貼られていた。もっとも日付が新しいのはここから一〇キロほど離れた場所にある他のスタンドのもので、作業日は七月二一日、総走行距離は一〇六九六三㎞とある。期間にして約二ヶ月、距離にして約一六〇〇キロ。三ヶ月、もしくは三〇〇〇キロ毎という平均的な交換目安と比べ、期間も走行距離も短すぎる。

「小日向さん、そのスープラ、オイル交換ですか？　僕が片づけちゃいますよ」

草野とワゴンRの洗車を終えたばかりの篠山に訊かれ、萌衣は頷いた。

「篠山さん、これ、気をつけてください」

前回交換時に貼られたシールを萌衣が指さすと、篠山も目を向けた。

「たった二ヶ月前か。よっぽど車を大事にしてるんですね」

「タイヤ見てもそう思います？」

フロントタイヤへ目を向けた篠山は、少し喜ぶような顔をした。

「タイヤ交換の受注も取れるかも」

「取れるわけないじゃないですか。たぶんこのお客さん、クレーム目的ですよ」

「え？」

「ワイヤーが見えちゃってるタイヤを交換しないで、エアロパーツの塗装は剝げたまま。そんな人が、一番安いエンジンオイルをなぜか前回交換時から一六〇〇キロしか走っていないのに交換」

「クレームで一攫千金を企《たくら》む、例のあれですか」

元から傷だらけだったエアロパーツやアルミホイールのごくわずかな線傷を指さしては、傷ついた、元から泥だらけだった車内マットをさしては、マットを汚された――毎年何人かやって来る者たちの手口は同じだ。店に弁償を要求し、修理を自店でやらせてもらうという店側からの提案は聞き入れず、「知り合いの工場で直してもらう」の一点張り。後日、その〝知り合いの工場〟から高額の修理代金請求書が届く。

「まあ、用心さえすれば、篠山さんでもできますよ」

「失敗して免責五万払うのは嫌ですよ……」

「手口がわかってるんだから、注意さえすればいいんです。エレメント交換なしだから、手間はかかるけど手動ジャッキでフロントの片方だけ上げて潜り込んじゃえば、スポンジでエアロをかむこともないし。なんなら作業前にお客さん立ち会いのもと、カウンターのデジカメで車両のあらゆるところを撮影しておけばいいわけですし」

店内へ受注書を取りに行く篠山を見送った萌衣は、再びピットへ戻った。

整備マニュアルに従い車への触診を続けていた萌衣は、尿意に気づいた。手を洗いピットの外へ出ると、スープラが店の出入口前につけられていた。作業は終わっているらしい。ＦＭラジオの時報がちょうど一時を告げる。萌衣はガラスの自動ドアから店内の様子をうかがった。ジャージーの女はテレビ前のソファーに一人で座っていた。トイレから出てきた篠山が仕上がり確認や精算を促すわけでもないことからも、ジャージーの女は、作業終了後もただソファーに座りテレビを見ているだけのようだ。クレーマーだという思いこみも杞憂だったのか。それとも自分が篠山へ促した注意が功を奏したか。安心した萌衣が小用を足し店内のトイレから出ると、自動ドアから入ってきた男と目が合った。

「萌衣」

側頭部に剃りの入った五ミリ坊主頭に、D&Gの上下黒ジャージーにスニーカー、ポリスの白フレーム伊達メガネ。萌衣とほとんど同じ身長なうえに細めの身体を誤魔化すためか、オーバーサイズ気味のダボついた服を身にまとっている。

「いらっしゃいませ」

「あ、他人行儀」

一年以上前に別れた元カレの横を通り過ぎ、萌衣はピットへ向かう。自動洗車機の横、展示販売中の中古車二台と洗車や整備作業済み車三台と一緒に、二〇年近く前の型の黒塗りベンツが横列駐車されていた。駐車場に停めない常連ぶった行為に腹が立つ。萌衣がサービスマニュアルを再読していると、弘樹《ひろき》がやってきた。

「今、作業中だから。それともなに、ようやくベンツの車検通す気になった?」

「は？　馬鹿かよ。車検通したり保険入ったりして金搾取されるの、無能な奴がやることだし」

　ベンツの車検満了日から半年を過ぎた月に、萌衣は別れを切り出したのだった。もうかれこれ二年近くは無車検で乗っていることになる。

「事故ったらどうすんの」

「俺が事故るわけねーし。保険入るとか、鈍臭い馬鹿がやることだし」

「いいから早くどっか行け。あんなところにベンツ停めて、邪魔ください」

「給油したから停める権利あるし。人を待ってるだけだし」

「だったら店の中でテレビでも見てな」

「『男たちの大和』、あるんだっけ？」

「あるけど」

「見ておけって言われたんだよなー、タムラさんに」

　弘樹は「タムラさん」があたかも二人の共通の知人であるかのように話す。萌衣と弘樹の間で「タムラさん」について話されたことは一度もないが、厄介なことに萌衣は「タムラさん」を知っていた。

「グロリアの人？」

「そう。タムラさん、この前ここで洗車頼んだときに、『男たちの大和』が置いてあったからセンスいいって誉めてたし。あと、洗車の仕上がりも良くて、また使うって」

「……あの人となんか関わりあるの？」

「俺今、アナイさんとこの組に出入りさせてもらってる」

アナイさんも共通の知人であるかのように話されるが、「組」というのが萌衣には気になった。

「言ってみれば試用期間？　とりあえず今はタムラさんの付き人やらせてもらってる」

「……板金工場の見習いはどうなったの？」

「あんなとことっくに辞めてるし。オーナーウザかったからコーティング液ゴッソリ盗んで、バックレてやった」

「ケチ臭……せめてタイマンで殴り合いでもしろよ」

「インテリは頭使うんだよ。盗んだコーティング液は全部オークションで売ったし」

萌衣は両手に軍手をはめ、さらにその上から使い捨てのビニール手袋をはめた。

これで油汚れと高温、擦り傷のすべてから手を守れる。

「仕事忙しいから、出てって」

「おまえにも用あるんだよ。哲雄と最後に会ったの、いつ？」

「先々週の日曜……だけど、なに？」

哲雄は弘樹の中学時代の後輩だ。

三日前の日曜日、大洗に行くと約束していた哲雄からは仕事の予定が入ったという連絡があり、会えなかった。柏のラブホテルの駐車場で別れた先々週日曜の夕方から、一〇日が経っていた。

「本当に何も知らねえんだな。あいつ、殺されっぞ」

「は？」

「っていうか、もう殺《や》られてたりして」

「哲雄がどうしたんだよ、早く言え」

「あいつからゲンチとっておかないと潰すもんも潰せねえ、ってアナイさんが言ってんだよ」

「ゲンチ？」

「自白させるんだよ。そうしないと、筋通らないから」

言質か。

「なんの言質？」

「おまえ、あいつの仕事、知らないのか？」

「プリクラ機の営業」

「それ嘘だし。AVのスカウトマンだよ」

突飛な内容を受け無言でいる萌衣をよそに、弘樹が続けた。

「繁華街に行って、スカウト。最近はメーカーへ自分から申し込む女も多いから、スカウトマンは大変らしいな」

仕事終わりの哲雄と会うことも萌衣は多々ある。一着しか持っていないバーバリーのスーツが、営業用ではなくスカウト用だと言われても、しっくりくる。

「だからって、なに、悪いことないでしょう。なに、哲雄の言質、って」

「柏のヨリモト組傘下のメーカーお抱えスカウトマンみたいな感じで働いてるくせにあいつ、土浦で仕事したんだよ。アナイさんのシマ」

「……別にそんなの、東京でも柏でも土浦でもどこでも、ナンパする男たちと変わらないでしょ」

「市議会議員のカネコの娘を、土浦でスカウトしたんだよ。撮影後に親バレして、カネコがメーカーに発売中止を頼みに行ったけど、ヨリモト組から門前払い。地元のアナイさんへ泣きついたってわけだし」

金子という市議会議員なら萌衣も話には聞いていた。一昨年電車内での女子高生への痴漢行為で逮捕された男だ。そんな男でも再選を果たしているのが、市政の信じがたいところだ。

「アナイさんからしたら、カネコの娘なんてどうでもいい。要はこれをきっかけに、問題を大きく膨らませていって、昔から対立してたヨリモトと戦争を始める気だし」

そのために、土浦のシマを柏のヨリモト組傘下のＡＶ制作メーカーに荒らされたということの言質が、必要なのだろう。

「タムラさんだ……あ、アナイさんも」

低く大きな排気音が轟いている。シルバーのグロリアの後ろから、さらに車幅が広く車高の低い黒い車がスタンドへ入ってきた。手前の一番レーンにまで、ほとんど徐行もせずやって来る。

空気抵抗を減らす戦闘機のような平べったいデザインの二人乗りクーペ、ランボルギーニ・ガヤルド。黒い車のドライバーはエンジンを切らないまま運転席から外に出てきた。ベージュのチノパンと白シャツに身を包んだ、白髪で中肉中背の男。太っているわけでも、鍛えぬかれた身体でもない。自ら暴力を振るう必要のない立場にいる者なのだと一目でわかった。

「俺行くわ」

弘樹が挨拶しに行くと、白髪の男はどうでもいいことだというように無反応でいるように見えた。給油機の操作パネルへ向かいすぐ、辺りを見回す。

「おい」

大声を出しているわけでもないのに、その低い声は数メートル離れた位置にいる萌衣へしっかり届いた。萌衣は一番レーンへ駆け寄る。

「お待たせいたしました」

「ハイオクで給油しておけ。トイレ行ってくる」

白髪の男は長財布から取りだした一万円札を萌衣にさしだした。細い目は表情を作ろうという気がまるで感じられず、祖母が以前入院したことのある病棟にいた認知症患者たちに似ている。おかしいことなど何もないのに無理に笑ったり悲しくもないのに神妙な顔をして迎合する必要のない人の顔だ。日に焼けている肌の額や目尻に小皺はあるが、口元に笑い皺はなく、顔の下半分だけ見ると若々しく年齢不詳だった。こんな奇妙な顔の人を今まで見たことがない、と萌衣は思った。

「当店はセルフサービスとなっておりますので」

「いいからやっとけ」

ユニフォームの胸ポケットに手を突っ込まれた萌衣は、反応ができなかった。男はエンジンをかけたままのガヤルドを置き、店へと歩き出した。萌衣のユニフォームの左胸ポケットには、一万円札が差し込まれていた。

このスタンドで国内外の様々な車に触れてきた萌衣でも、新車価格約三〇〇〇万円のガヤルドに触れるのは初めてで、給油口のフタをどう開けるのかもわからなかった。運転席のドアを開け車内を見回す。灰皿とゴミ箱が取り付けられている以外、置物はなかった。給油口のフタを開くボタンをセンターコンソール内に見つけたあと、シートベルト差し込み口を塞いでいるプラスチックのパーツに気づいた。その違法パーツを差し込んでいれば、走行中もシートベルトをつけず警告音なしで走れる。走行中にぶつかっても自分は絶対に死なないと思っている連中が使う。萌衣は給油を始めた。給油機を挟み反対側の二番レーンからは、弘樹がタムラの言うことに相づちを打っているのが聞こえる。

「……成功したら、考えてやっても……お考えだ」

「……したっ」

やがて白髪の男が車のもとへ戻ってきた。

「こちらお釣りになります」

釣り銭とレシートを萌衣がさし出すと黙って全部受け取る。お釣りをチップとして渡すことで自分は気前がいい人間だ、とアピールする必要がないのだろう。ケチとは違うと萌衣は感じた。チップを渡すことで将来に繋がるかもしれない何かを確保するという曖昧な期待を、この男は抱いていない。

「姉ちゃん、この前は綺麗に洗ってくれて助かった」

隣のレーンにいたタムラが給油機と柱の間から身を乗り出し、萌衣へ声をかけた。

「とんでもございません」

「今日は何時までいるの？」

「……シフトでは五時までです」

「もっと長くいてよ。ひょっとしたら今夜、洗車頼むかもしれないから」

茶系レンズのサングラスをかけたまま笑みを浮かべるタムラに頭を下げ、上げた時には白髪の男とタムラが静かに話しており、二番レーンで突っ立っている弘樹と萌衣の目が合った。さきほどまでとは大違いの、神妙な面持ちをしている。彼も何かやらされるのだろうか。

萌衣はガヤルドのナンバーを覚え、整備ピット内へ戻った。尻ポケットから取り出した手帳にナンバーを書き込む。このスタンドで洗車や整備もしたことはないはずで、あとで社専用のネットワークシステムで車種検索をしようにも、おそらく登録がない。ただナンバーさえ控えておけば、陸運局へ問い合わせたり警察へ届けるなりはできる。うなるような排気音に萌衣が目をやると、ガヤルドが発進するところだった。先頭にグロリア、次にガヤルド、最後に車検切れの黒いベンツが続く。交差点を左折し西へ向かうあのルートだと、バイパスから国道六号へ出るのだろう。北の土浦か南の柏に、用があるのか。哲雄は今、どこにいるのだろう。


要の作業は、終えた。あとは分解とほぼ逆の手順で、パーツを組んでゆけばいい。萌衣はエスティマルシーダのエンジンルームから顔を上げ、掛け時計を見た。午後四時二五分。土浦陸運局検査場の検査受付時刻は午後三時四五分までだから今日の通検は無理だが、明日の朝、学生バイトの誰かに行かせればいい。

「萌衣ちゃん、終わったか？」

松田の声がした。藍色のジーンズに黄と紺のラガーシャツという格好だ。

「だいたい、終わりました。松田さんも研修終わったんですね」

研修先から近い自宅へ直接帰らずここへ寄ったのも、タイミングベルト交換作業の進捗状況を見るためか。

松田はエンジンルームの数カ所に蛍光管ライトの光を当て、チェックしていった。

「なるほどね」

「どうです？ ちゃんとできてますよね？ エンジンかけてみないとわかんないよ」

「うーん、できてるんじゃない？ エンジンかけてみないとわかんないよ」

松田は店内へ入った。もうすぐ帰る店長や受付の池谷と雑談でも交わして、すぐ帰るのだろう。素っ気なさを装っての優しさは萌衣にも伝わっていた。分解した他のパーツも全部組み直すのに、一時間はかかる。昼休憩に入った後でもかまわないだろう。

休憩明けに新たな気分で作業に取りかかれるよう、もう使わない道具はしまい、廃液も捨てることにする。整備マニュアルの書見台代わりに使っていたオートマチックフルードチェンジャーには、廃オイルが上限二〇リットル中一八・五リットル入っていた。萌衣はピット隅までチェンジャーを移動させ、注入排出兼用パイプの先を廃油口の網目に引っかけ、廃油ボタンを押す。その間に、油汚れのついた数々の工具にパーツクリーナーを噴射する。油汚れは、粒子の細かい油で落とすしかない。パーツクリーナーもまた、揮発性の高い油だ。スクラブハンドクリーナーよりよほど早く油汚れの落とせるパーツクリーナーを萌衣は自分の両手にも噴射し、指紋の隙間から浮き出た黒い溶液を未使用のウェスで拭う。

何を食べようか。久々に隣のラーメン屋で食べるのもいいかもしれない。副店長がいれば、ランサーエボリューション改造の相談に乗ってあげている見返りで、チャーシューをおまけしてもらえる。

「おはようご……」

ピットの外からケンジの声がしたかと思うと、駆けてきた。

「萌衣さん、それ！」

気づいた萌衣は廃油口へ駆け寄り、オートマチックフルードチェンジャーの廃油停止ボタンを押した。廃油口の網目から外れ床に落ちていたパイプの先から、数秒遅れで廃油の排出が止まった。しかし既に、半径二メートル弱にわたり、床は廃オイルで赤黒く染まっていた。

「あーあ、やっちゃった、萌衣さん」

対化学物質コーティングの施された緑色の床に、半透明の赤黒いオイルがぶちまけられている。呆然としながら、萌衣は視力検査を連想した。緑と赤、どちらが見やすいですか。油溜まりの中に踏み入れた安全靴のソールの油汚れを落とさない限り、不用意に移動することもできない。

「オートマチェンジャーの廃油捨てる時はちゃんと管を握ってなきゃだめだ、って俺に教えたの、萌衣さんじゃないですか」

出入口へ向かいわずかに下りの傾斜がつくよう設計されたピットの床上を、粘度の高い廃オイルがゆっくりと流れてゆく。コンクリートの床と緑色の床の境に排油溝が設けられているものの、廃油の粘度と傾斜角の浅さからして、放っておいて綺麗に流れるものではない。気が遠くなるほど手間のかかる掃除を、しなければならない。ピットの外からやって来た店長が大仰に嘆いた。

「おいマジかよ萌衣、殺人現場じゃねえかよ」

「……はい」

「本当に血と勘違いするお客さんもいるし、今夜のうちに掃除しろよ。勤務時間外でな」

「わかってます」

そろそろ帰る旨を伝え、店長は去っていった。

「俺シフト五時からですけど、今から入って手伝いましょうか？」

ケンジに助け船を出されたが、萌衣は首を横に振った。

「いいよ、自分のミスを処理するのに、他のバイトの時給を店から出させるわけにはいかないし」

萌衣はオートマチックチェンジャーの残廃油量を確認した。六・四リットル。約一二リットルもの廃油が床にぶちまけられたことになる。難しい整備をこなした安心感で、完全に油断していた。

ピットの床を綺麗に保つことは、何事よりも優先される。

油で汚れた床の上を歩いた従業員の安全靴が、まず汚れる。次にピットの外、汚れた靴で踏まれた箇所すべてが汚れる。白い床の店内に安全靴の足跡がつくと、見た目も最悪なうえ、客の靴のソールまで汚れる。洗車や整備で預かった車を移動させる従業員の靴が汚れていれば、ビニールを敷いても車内のどこかしらが汚れる。油汚れの収拾に動きだした者がピットの床を掃除し始めても、モップやウェスで廃油を拭う過程で手が廃油まみれになることは避けられず、その途中で誰かに呼ばれドアノブを握ればそこからまた手を伝い油汚れは拡散する。カウンターの書類や、客の車のステアリングやキーホルダーなどといった、汚れを落としにくいところにまで拡散するのだ。

ピットの床が汚れれば、すべてが汚れる。萌衣はまず油溜まりからダスキンの回収箱そばへ移動し、使用済みウェスを取り出し安全靴のソールを拭いた。新たに使用済みウェス二枚を床に置き踏みつけても、ソールの汚れは完全には落ちず、うっすらとした足跡が緑色の床につく。極力汚れを拡散させないように歩きながらピットの外へ出た萌衣は、近くにいた草野へ声をかけた。

「昼休憩もらいます!」

返事をもらった萌衣は休憩室へは向かわず、自身がつけたばかりの足跡を辿ってピットへ戻り、モップを手に取る。昼休憩の四〇分間すべてをあてても、どこまで汚れを除去できるかは、わからなかった。

午後八時過ぎ、外ではナンバー3社員の草野と遅番のバイトたちが、閉店作業を進めていた。昼休憩明けてすぐの五時半に退勤の打刻をした萌衣は、その後もピットの掃除を続け、今に至る。使用済みウェスをすべて油溜まりの上に置き油を吸わせた後、洗車用洗剤の原液と水を垂らし化学繊維のブラシでこすり乳化させ、ゴム製の水掻きで排油溝へ流し込む。床全面の油汚れを乳化させては流す、の作業を一〇回ほど繰り返した。その後もFMラジオと大型コンプレッサーのけたたましい稼働音を聞きながら萌衣は、パーツクリーナーを噴射しては未使用のウェスで拭き取る作業にはげんだ。綺麗になった緑色の床の上を歩き、湯気でできたようなうっすらとした無色の足跡が残るだけとなったので、それでよしとした。

他のアルバイトたちが帰ったあともエスティマルシーダの納車整備に取り組んでいた萌衣がすべての作業を終えたのは、午後九時過ぎだった。さっきケンジたちが閉めたピットのシャッターを、開ける。ピット使用中だったため閉店作業は最後まで行うことはできず、タイヤラックやバッテリーチェッカー、看板などがピット出入口の近くにまとめて置かれてある。エスティマルシーダを駐車場に移動させた萌衣は、それらの物をすべて一人でピットの中へしまった。

金の計算をしている社員の草野や洗濯をしている夜勤のおじさんにも挨拶し、駐車場へ向かった。

ゼロクラウンの車内へ入ると、ただでさえ静かな外からの音が遮断され、ほとんど無音状態になる。萌衣はトートバッグから携帯を取り出す。なんの新着信もない。哲雄へ電話をかけたものの、呼び出し音が一〇コール以上鳴っても、繋がらなかった。

＊

携帯電話のアラームを止めてすぐ、萌衣は着信を確認する。中学以来の親友悠子《ゆうこ》からメールが一件届いていただけだ。今晩皆で遊ばないかとの誘いだ。二日前の朝、萌衣が哲雄の本職を知って以来初めての、彼からの電話着信履歴が一件残っていた。かけ直しても電源が切られているようで通じず、それ以来電話やメールの着信音量は夜も大きめに設定したまま寝ていたが、悠子からのメール着信があっても目覚めぬほど深く寝入っていた。

七時半。八時に出勤する今日の早番社員松田から三〇分遅れで出勤するには、あと二〇分弱で家を出なければならない。化学繊維のユニフォームを穿き、上はTシャツのまま階段を下る途中で萌衣は、リビングに人の気配を感じた。

「おはよう」

リビングへ入るが、母の姿がない。テレビはついている。カーテンが中途半端に開かれた窓際に置かれた、しっかりとしたつくりの紙袋に気づいた。萌衣はカーテンを全開にし、紙袋表面のロゴを見る。グッチだ。養育費を頼りにしているとはいえ、金額の程度は限られている。継続的なまともな仕事についていない母が、海外高級ブランド品を購入できるだろうか。すると和室の引き戸が開き、衣類とアイロンを手にしたスウェット姿の母が姿を見せた。

「起きたの」

「うん」

「朝一で言う挨拶があるでしょう」

「おはよう」

母と入れ替わりに和室をのぞいた萌衣は、上半身だけ起こしじっとしている祖母と顔を合わせた。

「おばあちゃん、おはよう」

萌衣が声をかけると調子外れなほどの大きな声で「おはよう」と言いながら、目だけは孫娘を見て笑っている。補聴器を外しているのか、周囲の音はあまり聞こえないようだ。目覚めたばかりらしい。老人が全員、早起きなわけではない。遅くまで起きざるをえない老人は遅くまで寝る。引き戸を一枚隔てただけのリビングで娘にいつまでも大音量のテレビと明るい照明をつけられれば、その気配を感じざるをえない。

「なんでこんなブスが朝からテレビに映ってんだよ」

スカートにアイロンで折り目をつけながら、母はテレビに映るお天気お姉さんへ文句を言っていた。

「昔はどの局にも、もっと美人を使う余裕があったんだけどね。私らが出てた、テレビが元気だった時代には」

出た。テレビが元気だった時代。その言葉が逆説的に、何の取り柄もなかった人間でもテレビに出られた時代だと言っていることに、本人は気づかないのか。しかしそれがなければ、母と大手広告代理店に勤める父との出会いもなかった。

焼きそばの残りとヨーグルトとバナナを食卓に置き、朝食を摂る。歯を磨き簡単に化粧をしていると、ニュース番組がＣＭに切り替わった。

「最近、派手な格好して、どこ行ってるの？　スタンドで見たよ」

「は？　働いてんのよ、ばあちゃんとあんたを養うために」

険しい口調に反し、その顔はどこか楽しそうですらあった。

「まだお手伝いだけど。知り合いが柏に出すクラブの出店準備で、私が昔のツテとか使って従業員を集めてるの」

「知り合い、って？」

「アナイさんっていう、まあ、土建屋関係」

萌衣の手が止まった。

「お母さん、頼りにされちゃっててさ」

グッチの紙袋の説明もつく。母が家にまで持ち帰る放蕩《ほうとう》の匂いを、萌衣は子供の頃から嗅がされ続けてきた。


「やっぱ、CVTフルードの受注も取ったほうがよかったかな?」

車検整備のため預かったプリウスのエンジンルームを見ながら、草野が言った。無段変速機のオイルゲージを抜き、黄色がかったオイルの色を萌衣は見る。

「オイルは綺麗ですよ。新車から二万キロだと本当はまだ交換しなくていいですし。それに、ハイブリッド車の心臓部は手出さないほうがいいですって。下手にいじったら、五〇万円のバッテリーとか回生ブレーキとか、精密機器が壊れます」

整備はほとんどできないが整備受注だけは萌衣と同等以上に取ってくる草野をもってしても、ハイブリッド車の車検整備はろくなものがとれなかった。ブラックボックスだらけのハイブリッド車を扱う際の禁止事項をまとめたマニュアルが、系列スタンド全店に配布されている。納車三年目にして総走行距離約二万キロの車の整備内容は、エアークリーナーエレメントとエンジンオイル、オイルエレメント、フロントワイパーの交換だけで、車検を通すのみなら整備なしでも大丈夫だった。

「……マズいよな。ディーラー整備士しかいじれない部品が、どんどん増えていくなんて」

「松田さんの話だと、ディーラー整備士でもいじれない部品が増えていくみたいですよ。色々な部品が脱着式になって、メーカーの工場からディーラーへ直接新品を送ってもらうように」

「もう整備士になってる人とか、これからどうすんだろうね」

「腕がある人は、なんとかなるんじゃないですか」

「萌衣ちゃんも、阿刀部長から勧誘されてるんだろう？　この前本社行った時、北関東の赤字はひどいことになってるって全国の同期たちの前で説教されたしさ。こう言うのもなんだけど、社員になれる最後のチャンスかもしれないよ？　人の気なんていつ変わるかわかんないんだから。エネルギーが石油から電気へ移行しても、アスファルトの生産で石油の需要はなくならないんだし、社員にさえなっておけば、整備の現場から離れても食べていけるよ」

ゆくゆくは整備士の身分を捨て東京の本社ビルへ逃げ込み、会社が先細りになっていっても下からどんどん切り捨てられるのを見ているのが勝ちか。萌衣は哲雄の部屋でいつか一緒に観た『ランド・オブ・ザ・デッド』とかいうゾンビ映画を思い出した。ゾンビの群がる地帯に一棟だけそびえ建つ高層ビルに住まう権力者たちもやがて、ゾンビの大群に防衛ラインを突破され襲われる。劇中の嫌みな権力者の最後までもがき続ける姿が、自動車専門学校を卒業し全国の自動車整備工場等へ就職していった友たちを踏み台にして、管理職として暮らす未来の自分と重なった。

「昼休憩、もらっていいですか」

「松田さんがまだ入ってないよ」

午後一時前の現在、まだ誰も昼休憩に入っていないことに萌衣は気づいた。社員とアルバイトを問わず、人から言われない限り休憩に入らない男はこの店に何人かいる。社員では、整備士の松田がそれだ。女性従業員たちの中でそんな人は一人もおらず、自分から休憩に入ろうとしない男たちの習性は迷惑だった。

「でも、それは社員同士の順番でしょう。私、松田さんから三〇分遅れの二番目の出勤なんですよ。私が昼休憩入らないと、他のバイトが迷惑……」

「萌衣ちゃん、草野、今あいてる？」

店の客用出入口に立つ池谷に訊かれ、萌衣は草野とともに頷いた。

「車検見積もり、二台入ったから、お願い。今さっき、松田さん昼休憩に入っちゃったんで。ちなみにお客さん、お二方とも店内で待たれてます」

あたりを見回すと、駐車場に黄色い塗装の剝げた古い軽自動車が一台、屋外洗車場の横に北米仕様の巨大な白色オデッセイが停められていた。

「ピットあいてるよね？　ミニカをサブリフトで上げて、オデッセイはピットで見て。オデッセイ、二年前にもウチでやってもらってるんだけど、その時八万キロくらいだったから、今回は色々整備必要になると思う。一応は外車だから萌衣ちゃんがオデッセイで、草野はミニカで」

海外仕様車の車検見積もりには時間がかかる。代わりを頼める者もいないため、萌衣はキーを受け取った。

北米仕様オデッセイの車検見積もりを終えた直後に、客持ち込みの225／60R15サイズという大径低扁平率タイヤの交換。銀行へ昨日の売上金入金とレジ金両替、戻ってから本日二度目の車検見積もりと、すべてをこなした萌衣が昼休憩に入れたのは、午後五時一三分だった。高校生、大学生、専門学校生のアルバイトたちは、あらかた面倒な作業が終わった頃に続々と集まりだした。今日はもう自分の出番はないだろう。シフトから上がり、とっていない昼休憩ぶんの四〇分遅らせて退勤を打刻してもらいたい旨を萌衣が松田に伝えると、了承された。

誰もいない休憩室に入り、ロッカーからトートバッグを取り出した萌衣がパイプ椅子に腰掛け携帯電話を開くと、着信があった。緊張するも、友人二人から届いた今晩の集まりについての誘いメールだった。哲雄からの連絡はない。途端に、シフトから上がったことを後悔した。仕事以上に気を紛らわせられることなど、他にない。

すると、携帯電話が鳴った。公衆電話、と表示されている。

——もしもし、哲雄です。

哲雄が怒ったような口調でもしもしを繰り返した。

「聞こえてる」

幹線道路の近くにでもいるのだろうか、路上のノイズが聴こえる。

「今どこ？」

——公衆電話。場所は言えない。

「巻き込まれたトラブルのこと……スカウトやってるってことも、ぜんぶ弘樹から聞かされたよ」

――そう……か。

「居場所言えない、って、大丈夫なの？」

――公衆電話なら大丈夫かな……柏駅の近くにいるんだけど、携帯は使えない。議員の金子が警察にいる後輩に圧力をかけているらしくて、俺の携帯の微弱電波を拾ってる可能性もあるって社長が言ってた。

「社長……うまい具合に匿ってもらってるって事？」

――今のところはあてがわれた潜伏先に隠れてるけど、最近になって風向きが変わったかも。

「どういうこと？」

――俺を匿うための工作が雑になってきた。むしろ、俺を生け贄《い にえ》として差し出して、抗争の火種にする気かも。

「そんな……警察に保護してもらいなよ。議員の後輩が本当に協力してるとは限らないんだし、部署が違えば関係ないでしょ」

――警察の保護は有限だけど、アナイたちヤクザの忍耐に限りはないから。それに勝手にそんなことすれば、俺を火種にする気かもしれないヨリモト組からも……

「じゃあ、どうすんの！」

――とりあえず、逃げ続けてれば事態が変わるって事も……ん？　なんか見られてる……

「え？」

――切るわ、また……

ニュータウンの大通り沿いに位置する複合型レジャー施設「トレジャックス」へ午後七時過ぎに到着して、かれこれ一時間が過ぎようとしていた。

「コウヘイうますぎるよね。また昇《のぼる》がイライラしちゃうよ」

卓球で疲れた萌衣と悠子は、ビリヤード台のそばのベンチで喋っていた。悠子がバイト先で知り合った同い年の彼氏戸田《とだ》昇は、地元大学の同級生ナカタ・コウヘイに優位に立たれていた。その勝負を、悠子の以前のアルバイト先の後輩だったマイちゃんが、ビリヤード台のそばに立ち応援していた。

「マイちゃん、いい子だよね。あんな可愛いのに性格も良いし。っていうか、哲雄、忙しいんだね。来られないなんて」

公衆電話からの連絡を切られて以降、哲雄からの音沙汰はなしだ。

「小日向、一緒にやんない？」

昇を負かしたナカタ・コウヘイに声をかけられ、萌衣は立ち上がった。

「先攻、小日向でいいよ」

強いカーリーパーマのかかった長髪とオシャレ髭のコウヘイが馴れ馴れしく無理に距離を縮めてくる感覚に、萌衣は戸惑いを隠せない。同じ小学校の同級生だったが、萌衣には彼についての特段の記憶がなく、中学で知り合った悠子の彼氏の大学友達、というふうにしか思っていない。

隣の台を利用していた高校生らしき男女の集団が帰り、やがて掃除をしにやって来た女性従業員は、智世《ともよ》だった。長らく茶のセミロングだった髪が黒のショートカットになっており、一目では気づかなかった。

「智世、髪切った？」

ベンチに座る悠子から大きな声で尋ねられ、智世は小さく頷く。彼女は哲雄の元カノだった。

「しかも髪黒くなってるし。また男替えたっしょ？」

左腕の袖からリストカット跡が見え隠れする智世に、悠子は大きな声で言うが、たぶん悪気はない。三人とも中学で同じクラスになったことがある。

ナカタ・コウヘイに負けた萌衣はマイちゃんと交代し、悠子と昇のいるベンチに座った。

「ちょっと萌衣、昇ったら、智世のこと、クール・ビューティーだとか言ってんのよ。黒い短髪だからって安易すぎ」

「クール・ビューティーだろ。大人びてるっていうか、金持ちのオッサンにでも囲われてそう」

「智世はたぶん、ここの店長にぞっこんだよ。この前、あの子の店長を見る目でわかったもん。消防団に入ってる男とか、そういうの好きだもんね」

「山下《やました》店長、うちの大学の弓道部の指導にも顔出すらしいしな。行動力ある男は、モテるのかなやっぱ」

フランチャイズのボウリング店の跡地を流用し、地元密着型の店を作ろうと経営者に提案したのが地元大学卒の山下店長だということは、多くの人に知られていた。三年前にオープンして以後、店は萌衣たち若い地元民にとっての大事なサロンとして機能している。朝九時から翌朝五時までこの店が営業しているからこそ乗り越えられた夜が、幾日もあった。

突然、怒声が聞こえた。

客たちが動きを止め、声を潜める。やがて強面《こわもて》の男たちが姿を現した。その中にスーツ姿のタムラと、竜の刺繍《ししゅう》入りの青いスカジャンを着た弘樹がいた。他に無愛想そうな顔つきの男が三人、ジャージー姿の背の高く華奢な若い男が一人。

山下店長がやって来ると、紫のスーツを着た四〇前後の男がなにか言い、それに対し少し臆した様子ながらも三三歳の店長は頭を下げたりはせず、胸を張ったままだ。

「みかじめ料払ってないらしいから、たぶんそれだよ」

昇が言ってくるが、萌衣も知っていた。山下店長がこの店をヤクザにも屈しないクリーンな街づくりの拠点にしたいと標榜していることは、知られている。そして萌衣は、表だった脅しを初めて目にしたことに気づいた。組にとって金が入り用なのか。何かを始めるための金が。

ボウリング場やカラオケコーナー、マンガコーナーから続々と従業員数人も集まって来たが、店長を遠巻きに囲むだけで、野次馬と化している。筋肉質の青年だけが、ヤクザ連中を睨みつけていた。

「おまえら遊べ、俺ら客だぞ」

紫スーツの男が言うと、四人が思い思いの場所へ散った。ボウリング場で一人が投げた玉はうっかりレーンから外れ一般客のほうへ転がり、血の気の多そうな筋肉質のアルバイト青年がビリヤード台に寝そべる紫スーツの男に詰め寄ろうとすると、ジャージーの男と弘樹に止められ、スーツの男がキューで青年の下半身をうっかり滅多打ちにする。客たちが帰りだした。

昇とコウヘイは怯えているようだが帰る機を逃し、女三人の手前臆病風に吹かれたところを見せたくないのか、帰ろうとは提案してこない。悠子は怖がるというより面倒くさそうにしており、可愛いマイちゃんはどんな状況においても自分が邪険に扱われることはないと経験則で知っているからか、あまり怖がっていない様子だ。

萌衣と弘樹の目があった。弘樹が若禿の男になにか言うと、二人とも近寄ってきた。

「哲雄の女です」

ベンチに座っている萌衣を弘樹が指さし、若禿の男が口を開いた。

「酒井《さかい》哲雄の居場所、教えてくれる？」

「わかりません」

「本当にわかんねえのか？」

右頰のケロイドがはっきり見えるほどに顔を近づけられながら問われた萌衣は、首を横に振った。

「酒井はもう、元の世界には戻ってこられないから。決定的な間違いを犯した過去の男とは決別してだな、新しい一歩を踏み出すためにも、もし居場所がわかったら、教えて欲しいんだなあ」

「私が知りたいくらいです」

するとカラオケコーナーから爆音のイントロが流れてきた。おそらくボックスのドアが開けられた状態で、BGM音量最大に設定された曲がかけられている。若禿の男も眉根を寄せるほどの音量で、やがて知っている曲だと萌衣は気づいた。BGMに、フラット気味の歌声がかぶさる。

「クロ〜ジュア〜イズ、ひ〜とみ〜をと〜じ〜れ〜ば〜」

『男たちの大和/YAMATO』のテーマ曲である長渕剛の曲を歌っているのは、タムラに違いなかった。

「うるせーなタムラ」

若禿のぼやきに弘樹が笑い、次の瞬間には若禿から連続で蹴りを喰らわせられていた。

「俺が笑ってもテメーは笑っちゃ駄目なんだよ」

床に転がり土下座した弘樹を、気まぐれのように若禿はもう一度蹴る。

「ほ～ほえ～みかける～よ～」

昇が帰るそぶりを見せた。一行は壁づたいに、静かに出入口へ歩いていった。

「クロ～ジュア～イズ」

会計を済ませ、店外の駐車場に出た。

「なんなんだ、あいつら。なんで店の人たちは警察呼ばないんだよ」

昇が店を振り返りながら言う。山下店長には、警察を呼べない理由でもあるのかもしれない。短期間で成功をおさめた商売人の一人として、片足をどこか黒いところへ突っ込んでいる可能性だってある。

「哲雄に会えてないの？　あの人たち、哲雄のこと探してるみたいだったけど、なんで？」

悠子が言うと、他の皆も萌衣へ顔を向けた。知っていることをぜんぶ話したくもなったが、ここで話した情報が変なふうに余所《よそ》へ伝わり問題が悪化するのも困るため、「よくわからない」とだけ萌衣は答えた。それ以上は、皆も突っこんでこなかった。

「今日、どうしますか？」

マイちゃんに問われ、今日は帰ったほうがいいのではという結論に落ち着いた。

「じゃあ、帰りますか」

悠子の一言に、萌衣は思わず首を横に振った。

「え、でも……萌衣、明日も仕事でしょう。今日はもう解散。今度にしておこう」

深夜営業もしていて仲間たちと集まれる唯一無二の場所を、追われてしまった。

別れの挨拶をし、一人、また一人と各々の車のもとへ去ってゆくのを見送った萌衣は、黒基調の車が何台も停められている一画を見た。タムラのシルバーのグロリア以外はすべて黒色で、弘樹の車検切れベンツ、レクサスLS、アウディ、V8シーマ、そして見覚えのあるスープラがあった。数日前ガソリンスタンドに来店し、不自然なオイル交換を発注してきた女の車だ。他と比べ劣るグレードからして、弘樹と同じ使い走りに見えたジャージー男の車か。

広い駐車場から仲間たちの車が出て行くのを見送った萌衣は、ゼロクラウンの運転席に腰掛け、ドアを閉めた。外界のノイズが遮音される。萌衣の中でさっきまでの恐怖は消えた。かわりに、別の感情に全身が満たされはじめていた。

哲雄は私を一人の夜から守ってくれてきた。だから私も、哲雄を守らなければならない。

萌衣はエンジンのスタートボタンを押す。内燃機関に火がともされ、わずかな振動を感じた。

＊

夜一〇時過ぎの県道の交通量は少ない。化繊ズボンに黒Tシャツ姿の萌衣はスタンドを出てからほとんど信号につかまらないまま、南東へとゼロクラウンを走らせていた。スタンドから北東に位置する自宅へ向かうのとあまり変わらない道のりだが、弘樹の家へ向かうこの道のほうが、いくらかは交通量や電灯の数も多い。

九ヶ月間つきあった元カレの家へ向かうのは、一年半ぶりだ。萌衣自身も未熟で馬鹿だったあの頃は、馬鹿な男の行き当たりばったりで予想もつかない行動が、エネルギッシュで豪傑のように見えた。つきあい始めのうちは雨の日も、姉からお下がりの五〇cc原付ジョグで行き来していた。それが母からお下がりの一三三九ccフイットに替わり、今は三〇〇〇ccのゼロクラウンで向かっている。

やがて覚えのある家屋が見えた。田畑に囲まれた敷地に乗り入れる。古い母屋とは別にある二階建ての離れのガレージ内に、明かりで照らされたベンツが見える。ロービームをつけたままガレージにケツを向けるように駐車すると、バックミラーの中を黒い人影が過《よぎ》った。萌衣はエンジンを切り車外へ出た。

「ここ来るの久しぶりだな」

白いジャージー姿の弘樹に言われ、スマートキーを尻ポケットに入れながら萌衣は近寄った。

「突然ごめん」

「昔のよしみだしな……ああ、特大カップ焼きそば食べたせいで、調子悪い」

父子家庭らしい食生活だ。ガレージ奥に置かれた黒いソファーに案内され、破れまくっているこんなソファーに座らなければならないのかと萌衣は思ったが、我慢した。弘樹が煙草をくわえながら、馴れ馴れしく肩に腕をまわしてくる。

「寂しくなったか？」

萌衣は自信なさげに首を横に振る。

「どうすればいいか、わかんないんだよね、正直」

「哲雄みたいな小さい男とつきあって、面倒に巻き込まれて初めて間違いに気づいたか。俺と元鞘に戻りたくなったろう?」

「まだ哲雄は私のこと思ってるはずだし、一方的に私だけ態度を変えるのも……」

「大丈夫だ、あいつ、もうすぐ終わるし。それ前提でもうアナイさん動き出してるし」

萌衣は、こんなに早く本題に入れると思っていなかった。

「動き出した、って?」

「ヨリモトとやるから、北の兄弟分たちに応援頼みに行くんだよ。もう、戦争は始まる前提だ。今更火種の哲雄が見つからないなんてこと、アナイさんの筋書きには描かれてねえし」

どうせ始まる戦争であれば、火種は哲雄でなくともよいではないか。

「アナイさんって、どんな人?」

「平等にチャンスをくれる人だ。俺が哲雄狩りに貢献したら、杯を交わすって言ってくれたし。愛人たちにもいろんなチャンスを与えてやってるくらいだし」

「愛人たくさんいるんだ」

「随分前に離婚して、今夜も誰かを家に呼んでるんじゃないか。自分が愛人たちの家に行く事はなくて」

「じゃあ、今日も家にいるんだね」

「最近は警戒してるけど、あそこ警察署のそばだから誰も襲撃できないし。頭いいよな、豪邸に住むとかの見栄は張らないで、実利をとって」

警察署の近くの家がヤクザの家だとはもう何年も前から萌衣は知っていたが、それがアナイの家だとはここ最近知った。

「あ、でも、明日朝早く出かけるとか言ってたから、今日は愛人呼ばないで一人かも」

「……弘樹も一緒に？」

「いや、あの人基本的に一人で動く。ベンツの後部座席なんかに座ってたら狙われやすいからって、ガヤルド一人で運転するし。頻尿だからいちいちついてくんなって、出先でもトイレ一人で行くし」

「ゴルフにでも行くの？」

「北の兄弟分に応援頼みに行くから、道空いてる朝に出かけて、顔見せてまたすぐ戻ってくるとか」

「北、って？」

「山形」

随分な遠方だ。圏央道から常磐道に合流し、北上した先で北関東自動車道に入り、東北自動車道に流れるルートか。あるいは、常磐道から磐越道に流れるルートもある。毎年スノーボード目的で東北へは足を運んでいることもあり、萌衣は何通りかのルートを導き出せた。

「って言うか、早く哲雄の居場所言え」

目的を済ませた萌衣が立ち上がろうとすると、弘樹から力ずくでソファーに引き戻され、顔を近づけられた。

「だから、知らない」

「知ってるだろ」

首筋を舐めてきた弘樹に抵抗した萌衣だったが、男の本気の力には勝てない。

「やめて！」

化繊ズボンの尻ポケットから車のスマートキーを取られ、退路も断たれた。

「元鞘記念で入れさせろ、おまえ本当は求めてるに決まってるし。そういや先週スタンドに行ったとき機嫌悪かったな？　あん時生理だったろ？　だから今日あたりそろそろ危険日だろ？　危険日は性欲わいてんだろ？」

Tシャツをめくられブラジャーに手をかけられていた萌衣は力を抜き、ささやいた。

「なんて?」

「車の中で汗拭いてくる」

「そんなのいいし、早く……」

「汚いのは恥ずかしいの」

萌衣が言うと、弘樹は満足そうに目を細めた。

「どうせ俺がキー持ってて逃げられないしな」

「とりあえず、ドアロックだけ開けて」

弘樹はスマートキーのリモートコントロールボタンを押した。ベンツと尻を向き合わせたゼロクラウンのライトが一瞬灯り、解錠音もした。萌衣は運転席に腰を下ろしダッシュボードの中を確認してみたものの、スペアキーなどない。助手席に置いたトートバッグ以外に持ち込んでいる物はなく、あとはいくつかの緊急時対応ツールがあるだけだった。

使えそうな物もある。萌衣はルームミラーで後ろを気にしながら、哲雄に電話をかけた。電源は入れられていないようで、つながらない。ふと、暗闇の中で暴力的な光を放つ液晶画面に、自分の指紋の影がうつっていることに気づいた。鉱物油の臭いがする。一週間前にオートマチックフルードの廃油をピットにぶちまけて以来、床だけでなくリフトの操作ボタンや工具といったピットのどこかしこもいまだ油っぽく、退勤前に手の油分もパーツクリーナーで落としたはずなのに、またどこかで油に触れてしまったのだ。この手が触れるすべての物が、汚れる。

萌衣はメールの文を打ち込んでいった。

〈この前ドタキャンになった大洗、今度行こうね。〉

特に考えもなしに打った。中身はなんでもいい。萌衣は迷わず送信した。今の状態の自分が送る最後のメールとして、悪くない内容だ。

「なにしてんだ、おせーし」

運転席の窓を叩いてきた弘樹はやがてドアを開け、助手席へ移動する萌衣を追いかけるように、鼻息荒く運転席へ乗り込む。ドアも開け放ったままだ。萌衣の耳にコオロギの鳴き声が聞こえた。

「緊張してんのか?」

萌衣は助手席側のドアに背を、窓に後頭部をつけるようにして、頷く。弘樹はジャージーのズボンをパンツごと膝下までずり下げ、半勃起させた包茎を露わにした。

「大丈夫、瞳を閉じればいいいし」

身長に不釣り合いな巨根をさらし、萌衣の腹にドスを突き立てるかのように近づいてきて、唇を尖らせた弘樹が瞳を閉じた。

萌衣は左腕を助手席ダッシュボード下へ伸ばし、目当ての円筒物をつかむと左手ごと弘樹の首の後ろにまわし、右手で円筒物の蓋を外し裏返した。勘違いした弘樹が唇を合わせようとしてきたのを避けた萌衣は円筒物の先と蓋の裏を擦り合わせ、赤く輝きだした先端を弘樹の首に向けた。

短く叫び背を反らした弘樹の顔面に発煙筒の先を向けると、伊達メガネのプラスチックと蛋白質の焦げる臭いが漂う。萌衣はずりおろされたズボンとパンツの隙間に発煙筒をさした。陰茎を焼かれている弘樹が発煙筒を車外へ投げ四肢をでたらめに振り回している間に、グローブボックスから窓割りハンマーを取り出す。萌衣は助手席側のドアを開きテークバックの空間を確保し、振り下したハンマーの先で弘樹の横腹を打った。弾かれたように背を反らせながらもジャージーのズボンとパンツが足枷《あしかせ》となり身体の自由がきかないでいる弘樹の、肩、腹、胸、背と打ってゆき、右手の甲を叩くと固形の何かが潰れる感触がハンマー越しに伝わった。

助手席から外に出た萌衣はジャージーの襟もとをつかみ弘樹を車外へ引きずり出し、なおもハンマーを両膝、裸足の指、臑《すね》、腰へと渾身の力で振り下ろし歩行能力を奪った。

月明かりと発煙筒の赤い炎で照らし出された奇妙に明るい視界の中、萌衣は履きっぱなしにしてきた鉄板入り安全靴の爪先で、黒い塊を何度も蹴り続けた。

ゼロクラウンのキーを取り戻した萌衣は、弘樹の尻の割れ目へ火先を向け発煙筒を突っ込み、短い絶叫を聞きつつゼロクラウンの運転席に座った。ドアを閉めエンジンをかけると、コオロギの鳴き声も男の呻《うめ》き声も遮音された。


響く低音で目を醒ました萌衣は、フロントガラス越しに眼前の道路へ目を向けた。街灯に照らされた赤いオートバイが過ぎ去る。Lツインエンジンのドゥカティか。イタリア製オートバイの排気音に、聴覚が反応したのだ。

あたりはまだ暗い。ダッシュボードの時計を見ると、午前三時二七分だった。

交差点に位置するレンタルビデオ店の駐車場に車を停めたのは午前一時過ぎで、それから二時間以上が経過していた。道を挟み左に警察署があり、真向かいにはコンビニが、その二軒奥にはアナイの家がある。萌衣がゼロクラウンを停めた位置から家そのものは見えないが、家の前の道は見通せ、人や車の出入りがあれば目視できる。

萌衣は車内で仮眠していた。外車特有の低い排気音だけを聞き取るのに、ゼロクラウンの遮音性の高さは適していた。国産の自動車がいくら通っても心身を休ませることができ、時折低い排気音が聞こえる度に目を醒ました。

弘樹の家から去った後、萌衣はガソリンスタンドへ戻った。鍵のかけられた通用口のドアをノックすると夜勤のおじさんが顔を出し、数時間前に退勤したはずの萌衣を見て迷惑そうな表情をした。明朝までにやる必要のあった整備をやり残したと言い中に入ると、カウンターのパソコンの電源が入れられており、ディスプレイにはインターネット麻雀の画面が開かれていた。派遣会社から三人来るうち、評判の悪い夜勤担当者のその行為を告げ口すればすぐに解雇されるのは必至だ。萌衣はピットへ入り、物置にあった空の工具ボックスへいくつかの整備工具を入れ、ゼロクラウンの後部座席へ積み込んだ。ガソリンも満タンまで給油した。それから家には帰らず、ここで待機している。弘樹の情報が正しければ、もうそのうちにランボルギーニ・ガヤルドが出てくる。

萌衣が再び目を閉じて数分後、聞き覚えのある音がした。電源をACCモードにし、運転席側の窓を開ける。

ガヤルドの排気音。

エンジンをかけた萌衣は、アナイ宅前の道を凝視する。敷地内から何かが鼻先を出したのに気づいた萌衣はシートベルトを締め、次の瞬間、目を疑った。

グリーンのマーチ――一見しただけで、それが母の車だとわかった。

萌衣の自宅がある方角へと消えたマーチから数十秒遅れで、車庫から出てきたガヤルドが漆黒の全貌を露わにし、東へ向かった。尾行に気づかれてはならない。行き先はある程度わかっており、少なくとも圏央道に入るまで見失うことはない。

ギアをドライブに入れ、パーキングブレーキを解除した萌衣は、アクセルペダルを踏んだ。

北上してゆくうち、東の空から明るさが増してきていた。少し雲がかった空のもと、時速一四〇キロペースで進んでいる。牛久阿見インターチェンジから圏央道に入り、つくばジャンクションで常磐自動車道に流れた。ダッシュボードの時計を確認すると、午前五時五分だ。

萌衣は音楽もかけていなかった。常に一番右側の車線を走り続けるガヤルドが点状に見える位置をキープし、適宜二車線目と三車線目を行き来する。山形に行くという情報は本当のようだ。

いわきジャンクションへ近づいていた。山形へ向かうのなら、そこから左折し磐越自動車道に流れる。ジャンクションの手前には、大きなパーキングエリアがあったはずだ。スノーボードで何度か利用したルートなので知っている。点状だったガヤルドが徐々に大きさを増してきた。萌衣は自らも車を減速させ、二車線目へ移る。豆粒大にまで大きさを増したガヤルドがやがて急に減速し、湯ノ岳パーキングエリアに入った。萌衣も後へ続く。出発後一時間半ほどが経っていた。頻尿の初老男性がトイレへ行きたくなる時間だったのだろう。建物近くの位置に停車しようとしているガヤルドの左横に、萌衣は車をつけた。

その途端、間違いに気づいた。

ゼロクラウンとガヤルドのそれぞれの窓を隔てた向こうに、あの顔があった。外車は左ステアリングだ——今更悔やむも、他の場所に駐車し直すのは不自然で、助手席に置いていたキャップを目深に被り、萌衣はエンジンをとめた。

ドアが開けられ、ガヤルドから人が出てきた。スタンドで一度、接客している。萌衣はシートを倒し身体を捻《ひね》るようにし、後部座席の足下に置いた荷物を取ろうとする素振りを演出した。視界の端にある人影はそのまま移動する。萌衣が助手席の後ろに置いた工具ボックスから数点の道具を取り出し姿勢を戻した頃、男は男性トイレに入っていった。

ビニール手袋を両手にはめた萌衣はめがねレンチを持ち車外へ出ると、周囲の視線がないか確認し、地面へしゃがんだ。二台の車の間から、ガヤルドの左前輪の側に這いつくばり、片側一〇ミリ、片側八ミリサイズのラチェットめがねレンチを握った右手をホイール裏側へまわす。車高が低いため地面との隙間は狭く、突っ込んだ腕を動かせる余裕が少なく作業し辛い。ブレーキホースを手探りしアーム部分に手が触れ、反射的に引っ込めた。熱を帯びている。高速走行を二時間近くも続ければ、シャシーやタイヤも熱をもつ。防熱なら軍手がベストだが、それだと指先の感触が鈍る。作業精度重視でビニール手袋をはめた萌衣はブレーキホースと、その先にある丸いゴムキャップを探り当てた。

這いつくばった地面から一〇メートルほど離れたトイレを一瞥するが、アナイの姿はない。萌衣はゴムキャップを親指と人差し指でつまんで回し、アスファルトの上に捨て、ゴムキャップがはめられていた箇所の六角のブリーダープラグの上から、ラチェットめがねレンチの一〇ミリ側を被せる。萌衣は手の感触のみでレンチを半時計回りにまわす。緩め具合の調整が要だ。緩めすぎれば、事が起こる前に異変に気づかれるし、緩めるのが足りなくてもまた、事は起こらない。感触として四分の三回転させたところがベストに思えた萌衣はレンチを回す手を止め、ブリーダープラグの先を人差し指で触ってから、腕を抜いた。

右手のビニール手袋は黒く汚れ、あちこちが裂けたり熱で溶けたりしている。人差し指の先についた透明の液体は、萌衣の指を汚していた。親指とすり合わせて、それが油分だと皮膚の感触で識別できた。外した手袋とラチェットめがねレンチを化繊ズボンの尻ポケットに入れた時、声が降ってきた。

「何だ」

萌衣の身が固まった。

顔を上げた先に、グレーのスーツを着た白髪の男が立っている。奇妙なほどに皺のない口元は、固く閉められていた。

秋の早朝、パーキングエリアのトイレ近くに停められた二台の車の間で、若い女が片膝をついている状況として、どう振る舞うのが自然か。

萌衣はしゃがんだ姿勢のまま目を伏せ、二台の車の下を交互に見ながら、喋った。

「落とし物をしてしまったんです」

キャップを目深に被った頭をなおも下げたままでいると、アナイはまた声を発した。

「大事な物か」

「はい、とても」

萌衣は運転席のドアを開けるのに邪魔になっていることに気づき、中腰のまま二歩下がった。しかしアナイが、運転席に乗ろうとしない。ずっと顔を伏せているのも不自然で、萌衣は一瞬だけ顔を上げ、会釈するとまた伏せた。

「見つからないのか」

「はい、まだ見つかりません。ひょっとしたら、もう諦めたほうがいいのかもしれません」

「自分のものは絶対に手放さないと思わないと駄目だ」

焦ってきた矢先、萌衣はガヤルドの前輪と後輪の間に、黒く小さな塊を見つけた。さきほど捨てた、ゴムキャップだった。

「見つかりました、ご迷惑をおかけしました」

指で摘んだ黒い塊を尻ポケットにしまった萌衣は、礼をした。スタンドで接客する際の癖がでた。

「もうなくすなよ」

アナイはガヤルドのドアを開け、運転席に乗り込んだ。

萌衣もゼロクラウンに乗る。エンジンのかけられたガヤルドはゆっくりと発進し、パーキングエリアの出口へ向かった。

マニュアル車であれば、低速ギア時にブレーキを踏む機会は少ない。ましてや、早朝の空いているパーキングエリア内なら人や車の飛び出しもないため、なおさらだ。萌衣は出口へと向かうガヤルドを窓から凝視する。出口へ流れる右カーブの手前で赤いブレーキランプが一度灯り、少し進んでもう一度、ブレーキランプが灯った。

ペダルが二度踏まれ、油圧ブレーキ機構は充分に空気をかんだ。合流地点かどこかでもう一度踏めば、完璧だ。

その次にアナイがペダルを踏んだとき、混入した空気に邪魔され、油圧の伝わらないブレーキは、機能しない。ブレーキは、ブレーキとしての用をなさない。スピードを出しやすい状況下で、脱着口に違法プラスチックパーツをかませシートベルトをつけないドライバーが、ブレーキのきかないスポーツカーを走らせる。これからすぐ入るはずの磐越自動車道は、高速道路にしてはカーブが多い。ガヤルドが萌衣の視界から消えた。

帽子を取った萌衣は、日光に目を細めた。尻ポケットから取り出した手袋とレンチを、後ろの工具ボックスにしまう。ステアリングに両手をかけ、深呼吸をしてから離すと、ステアリング右側の光沢に気づいた。

人差し指の当たっていた箇所……ブレーキオイルだ。萌衣は朝焼けの差し込む明るい車内で、自分の両掌《てのひら》を眺めた。右手は透明のブレーキオイルで透明に汚れており、ところどころ、黒い煤が油分とともに指紋の隙間にまでこびりついている。左手も甲のほうに赤く腫れている部分があり、産毛がなくなっていた。発煙筒を用いた際に負った軽度の火傷だ。他にも両手のあちこちに、指紋の奥深くまで染みついた汚れがあり、右手人差し指についた透明の油が擦過して広がるたび、汚れは油分に濡れ濃さを増した。


時速一〇〇キロペースで南へ約二時間走行し、常磐自動車道から両横に延びる圏央道が目視できた。磐越道下りで乗用車による単独衝突事故があり、車線規制が行われている区間があるというニュースを、AMラジオの高速道路情報で約二〇分前に耳にしていた。それ以上の詳細はわからない。萌衣は注意をはらって聴いていたAMラジオから、オーディオへ切り替えた。

午前七時を過ぎ往路より交通量は増してきたが、まだ空いている。萌衣は「インストゥルメンタル」ジャンル内のランダム再生をセレクトした。

ピアノのイントロが流れる。坂本龍一の曲だ。ストリングスも合わさる綺麗な響きの曲を聴きながら、萌衣はやがてつくばジャンクションから圏央道の阿見方面へ流れた。

短い圏央道はすぐに終点へさしかかる。いつも通勤路から見上げている圏央道でゼロクラウンを走らせている萌衣だったが、圏央道の高さからだと、日頃通っている道がどれなのかわからなかった。

＊

海に入っているのはサーファーたちくらいだ。シーズンを過ぎたからか、広い砂浜の人気《ひとけ》は少なかった。

「泳ぐ？」

波際で騒いでいる悠子たちを眺めていると、右隣で体育座りをしている哲雄から萌衣は訊かれた。

「もう海水冷たいし無理でしょ。それに、まだお腹いっぱいだよ」

萌衣が返すと、デニムの短パンを穿いている哲雄はシートに寝ころんだ。

大洗に到着したのが、一一時半と早すぎた。朝食を食べてこなかった哲雄や悠子、マイちゃんの多勢に負け、朝食を食べてきた萌衣もさっき漁港近くの店で海鮮丼を食べた。ゼロクラウンの助手席に哲雄を乗せ二時間弱運転したとはいえ、エネルギーを消費したのは車だけで、乗り手である萌衣のエネルギー代謝はほとんどなかった。そんな状態で正午前に昼食をとることに、日頃夕方以降に昼食をとっている萌衣の身体は慣れていない。

「あ、電話だ……」

携帯電話を持った哲雄が立ち上がった。丁寧語での通話は、短時間で終わった。

「どうしたの？」

「書類選考に受かった。次の木曜に面接」

哲雄は日時と場所を復唱しながら、携帯電話でメモをとっている。

「よかった。受かるといいね」

自損事故でアナイが意識不明の重体になったことが一般レベルの耳にまで伝わる頃には、事のほとんどが終結していた。組長不在のアナイ組を柏のヨリモト組が短期間に攻め、何人かが死に、生き残った連中も逃げた。火種として用済みになった哲雄が自己都合退社の手続きを済ませ萌衣の家に夜中やって来たのは、それからすぐだった。しかし萌衣はその時、彼氏との再会を、思っていたほどには喜ばなかった。

「萌衣に楽させるためにも、俺が頑張らないと。自分で蒔いた種だけど、修羅場を乗り越えたから。大きくなった気がする」

萌衣は笑みを浮かべようとして、頬が動かなかった。誰かに媚びるため表情を繕ったりしない男の顔が、脳裏を過る。

「社員になるつもりのない萌衣のかわりに、俺が稼がないと」

「なるつもりがない、わけではないよ」

「え？　そうなの？」

大きめの波が押し寄せ、服を濡らした悠子やマイちゃんが大騒ぎしている。ここまでなら濡れないだろうという、人による予想は、自然の側から簡単に裏切られる。

「迷ってる。バイトのほうが気楽なんだろうけどさ」

社員になれば、使い勝手のいいベテランアルバイト整備士でいる現状より、休みは取りやすくなる。だが萌衣が求めているのはそれではなかった。自分で選んだりコントロールすることのできない仕事を日々任され、それに忙殺されたいという欲求が、芽生え始めていた。

自分を支えてくれるのは、恋人や友人、親しい人たちだけではない。エネルギー代謝と補充の反復、そのサイクルを強いられる労働こそが、自分を強く支えてくれるものなのではないか。無心になれるそれは、少なくとも純粋ではある。

「ナカタ、あれだけ大事にしてるSRで、よく来たよな。潮風で錆びるから愛車で海へは行かないって言ってたのに」

悠子が声をかけた際、ナカタ・コウヘイはアルバイトがあるからと不参加を申し出た。しかし今朝の道中、昇の運転するデリカから悠子が電話をかけマイちゃんにも代わると、ナカタ・コウヘイはすぐさまバイクを走らせてきた。アルバイトのシフトはドタキャンしたのだという。マイちゃん目当てだということが露骨すぎて、萌衣には少々気持ち悪く感じられた。

「マイちゃんはすごいね。人を呼び寄せる」

「でも俺がいない時、ナカタ、萌衣のことも狙ってたんじゃないか？」

「うん、たぶん」

「節操ないからな」

怒っているふうでもない口調の哲雄に萌衣は、どうして嫉妬しないのか等の苛立《いらだ》ちを覚えることもなかった。

「陽、強くなってきた……」

手で額にひさしを作り言っている途中、萌衣は着信音に気づいた。トートバッグから取り出した携帯電話の画面表示を見て気後れしつつ、電話に出た。

——もしもし萌衣、おはようございます、四郎丸です。

スタンドから店長がかけてきた。

「おはようございます」

——今、どこにいる？

「遠くですよ。大洗」

——大洗かよ、マジかよ、遠いな。けど単刀直入に言うわ、これから店に出てくんねえか？

「嫌です。日曜だから、学生たちも沢山シフトに入ってますよね？」

——それがよ、昨日の嵐で手洗い洗車待ちが今六台入ってて、認証の阿見で通検させる車も三台あって、人手取られちゃってて。今日の夜にお返しのセリカ、草野の馬鹿が見積もりミスしてよ、足まわりから原因不明の異音がするんだよ。松田さんも休みで今日山梨に行ってるとかで、しかも今月の休みあまり消化してないからあの人に出てもらうわけにはいかなくて、頼れるのは萌衣しかいないんだよ。

原因不明の異音。その原因特定と修理作業。タイミングベルト交換等複雑すぎる作業より、ある意味難しい。無数のパーツで構成される自動車という機械の全体を触診し、経験と直感で診断するほかない。整備マニュアルを読みこんでも駄目だ。整備士の松田が来られないとなれば、他の人員でそれができるのは、萌衣だけだった。

――頼むよ、セリカのタダノさん、平日の通勤にも使ってるらしくて、今日中にお返しできないと代車も延長でお貸しすることになって、そうすると代車のレンタル予定も狂って来週の整備予定まで全部狂うんだよ。ただでさえよそから代車二台借りてる状況で、これ以上借りられないし、龍ケ崎のデミオだって今日中には返さないと怒られ……。

「わかりました、行きますよ」

――本当？　マジすまねえ、じゃあダッシュで来てくれ！　助かるわ。

萌衣が通話を切ったときには、傍らで聞いていた哲雄も、おおよそのことを把握したようだった。

「今から行くの？」

「うん、代わりがいないから」

「バイトなのに？」

「うん。悪いけど、帰りは昇のデリカに乗せてもらって」

「それはかまわないけど……大変だね、休日に」

「まあね」

萌衣は浅瀬で騒いでいる他の面々にも声をかけ事情を説明し、駐車場に停めてあるゼロクラウンのもとへ向かった。日光を反射し、肉眼ではまともに正視できないほどに、パールホワイトのボディーが白く煌《きら》めいている。

エンジンをかけ、ほぼ無音状態の車内でカーナビを操作し、スタンドまでのルート検索を行う。リアルタイムの交通情報も参照された結果、少し遠回りをして高速道路に入るルートより、しばらく南へ海沿いに進む一般道多めのルートのほうが、わずかながらも所要時間は短い。

シートベルトを締めパーキングブレーキを解除した萌衣は、ゼロクラウンを発進させ、駐車場をあとにした。

左手に見える鹿島灘の水面に、光が乱反射する。萌衣は目を細めながら、海沿いの真っ直ぐな道で、車を加速させた。

内なる殺人者

スーツ姿で歩く標的が目に入った時、一四時から絶食していたリョウジの空腹感は消えた。

デジタル腕時計の表示は二一時三〇分。標的が古い官舎の正面玄関へ入るのを見届けたリョウジはそれから一〇分経過後、双眼鏡を下ろした。向かいの官舎へ向かうべく、工事業者を装ったグレーの作業着姿でマンション外階段の踊り場から下りてゆく。

水も固形物も摂取しないまま七時間半、待機開始からは三時間半が経過していた。反撃に遭い腹部を刺されでもした場合の生存確率を高めるため、任務完了まで胃腸の中を空にしておく必要がある。万一の場合でも病院には頼れないから、消毒等の処置がしやすいようにしなければならない。リョウジはもう六年にも及ぶ肉と野菜中心の食生活により、炭水化物の糖分に頼らずとも体脂肪を効率良くエネルギーへ変えられる体質になっている。

　標的は地下鉄駅の方角から歩いてきた。木曜の夜、仕事帰りにいつものようにどこかで夕食を兼ね酒を飲んでから、帰宅したか。下調べで把握したパターンとして、一人の時はビールから始まり、焼酎やウィスキーといった違う種類の酒を三杯ほど飲む。現在、血中アルコール濃度は高いだろう。彼自身の身体が意思通りに動かないことに起因するどんな事故が起こっても、おかしくない状況だ。

　東京郊外の一軒家から実質的に愛人宅として借りていた官舎の３ＬＤＫへ引っ越したのは、離婚した直後の一昨年。今は愛人とも別れ、五四歳にして一人暮らしを送る標的が、帰宅後すぐ風呂へ入ることはわかっていた。給湯器から長い時間出てくる湯気がそれを示す。標的は自炊をせず、官舎の全部屋は床暖房なしのため、入浴以外に考えられなかった。今夜も湯船の中で一日の疲れをとり、明日へ備えるのだろう。

　だが標的ナガヤマ・コウタはもう、疲れを覚えることさえ、未来永劫なくなる。

　歩きながらラテックス製手袋の上に新品の軍手をはめたリョウジは、官舎のエントランスへ足を踏み入れた。古い造りのエントランスには不似合いな最新のカード式玄関ロックを、鍵屋カネモトから事前に渡されたカードキーで開け、中へ入る。

誰かがドアを開けたついでに入ることもできるが、住人の目に留まることは避けたかった。そのために一ヶ月弱前にカネモトが下調べ目的で訪れていたが、防犯カメラの映像保存期間の目安三週間は経過しているため、彼に警察の目が向けられることもない。そもそも自分がミスを犯さなければ、これから起こることも事故として処理され、少なくとも表の世界にいる人間たちからは、誰が疑われることもないのだ。

リョウジはエレベーターに乗り、軍手をはめた手で九階のボタンを押す。ラテックスの手袋だと指紋は残らないものの、ラテックスの手袋をはめた何者かによって触れられた、という痕跡は残ってしまう。不自然な痕跡を残すより、出入りの業者も使う可能性のある軍手の痕跡のほうがマシだ。天井の防犯カメラに顔を撮られないようにしながら九階へ上がったリョウジは、共用廊下西端のドアを開け外へ出ると、防犯カメラもなく誰の行き来もない外階段を七階まで下り、共用廊下に足を踏み入れた。

共用廊下に面し左手に各部屋が並ぶ。手前から三室目のドアの前が、白く煙っている。湯気だ。標的の住む七〇九号室の給湯器が、稼働していた。

廊下に人がいないことを確認したリョウジはドアスコープから中を覗き、カードキーを解錠する。それとは別のシリンダー錠用のキーも差し込み、音を立てぬよう回した。二つ右の部屋の玄関から話し声が聞こえてきた。誰か出てくる。リョウジはドアを開け中へ入った。

玄関のたたきにサンダルとスニーカー、革靴がある。革靴のつま先は、それぞれでたらめなほうを向いていた。カーペット張りの廊下の先にリビングが、その途中左側に小部屋があり、右のバスルームからシャワーの音が聞こえる。

リョウジはスニーカーを脱ぎ、全国最大手衣料品ショップで買った真新しい靴下を履いた足で、廊下を歩く。消音性、そして足跡を残さない点で、カーペットの床は好都合だ。ウェストポーチを外し床に置いたリョウジは、軍手も外す。

準備は一ヶ月前から進めてきた。あと必要なのは、手早くやる思い切りのよさだ。

身体の汚れを洗い流したところで、標的ナガヤマ・コウタの人生は幕を閉じる。

想像しえただろうか。いくら売国奴とはいえ、東京大学を卒業し、官僚として順調にキャリアを重ねてきた己が、とある勤務日の夜、入浴中に五四年の生涯を閉じることを。

死にゆく標的たちは一様に、わけがわからないという顔をする。恐怖に歪んだ顔を見たことなどリョウジは一度もなく、これまで多く目にしてきたのは、ただ戸惑っている顔だった。自分の人生が、こんなところで終わるはずがない、と。

ナガヤマ・コウタに覚悟ができているとは考えにくかった。自分が売国奴だという意識はあっても、まさか同国人たちの意思決定で命を奪われるとは、思いもしなかっただろう。中国共産党と共謀しこの国の閣僚を二人もハニートラップにかけ、誰も手出しできない身分で私利を貪るだけとなった男は、越えてはいけない一線を越えてしまった。日本製の高性能ミサイル誘導装置を秘密裏に第三国へ流そうとなど、画策してはいけなかった。装置の流出により対米関係が悪化すれば、なんの外交カードも持たない日本はアメリカに対しこれまで以上に不利な外交政策を呑まざるをえなくなる。そうしてより一層の不景気に見舞われ、年間自殺者は数千人規模で増える。

自殺予備軍の数千人を救うために、壁を隔て向こうにいる一人を殺す必要があった。一人殺せば、少なくともそれに関わる日本側の全員が動きを止めるとの推測結果を、組織は導き出していた。

シャワーの音がやみ、数歩の足音と水の跳ねる音が聞こえた後、静けさが訪れた。機をうかがいながら、鼻がむずむずし急激なくしゃみの気配に襲われたリョウジは、目を閉じ鼻を指でつまみ、腹部に力を入れ息を止めた。

この部屋も、汚染されているのか。そればかりは、下調べではわからなかった。発作は治まったが、次がいつくるかわからない。そう危惧する間にも再度鼻のむず痒《がゆ》さに襲われ、抑え込むよりその勢いを利用しようと咄嗟《とっさ》に判断したリョウジは、バスルームへ足を踏み入れ戸を開けると同時に、おもいきり大きなくしゃみをした。

わけがわからないという顔。湯船の外に立つ男を見上げるナガヤマはこれを現実か夢か区別しかねているようで、その間にリョウジは湯船へ両腕をつっこみ、標的の両足首を掴み一息に引っ張った。浮力が作用し簡単に引っ張り上げられた両脚の膝近くをリョウジが両脇で挟み直す時には、ナガヤマ・コウタの上半身は湯の中に沈んでおり、抵抗しだした。

水面から突き出され激しく動く両腕が、たまに湯船の縁を掴みかけても、脚を高く持ち上げられた状態で前屈しようにも、腹の肉が邪魔で湯の中から顔を上げられない。

アドレナリンを急分泌させた人間の力を抑えこむべく、リョウジも無心になる。殺すだけなら銃弾一発や首へのナイフ一突きで簡単に終わるが、標的の死後の扱われ方を事故死にするためには、殺す側が苦労を強いられる。

その時、腹筋の瞬発力だけで身体を前屈させた標的が一瞬だけ水面から顔を出し、リョウジと目を合わせた。

再び沈んだ頭部が二度と浮き上がらぬよう、両膝をもっと高く挟み上げたリョウジは動揺しながらも相手が静まるのを待つ。生と死の狭間にいる男の目に、自分の顔は、どう映っただろうか。

やがて腕や脚、全身の動きが止まった。体感としては数十分にも感じられるほどだが、実際には二分ほどしか要していないはずだ。抱え上げたままの両脚にまだ脈動は感じる。気管に水を詰まらせ喉頭痙攣《けいれん》の末気絶するまでに二分、そこから全身を痙攣させ心肺停止状態に陥るまで三分。

時々口から空気が漏れ、やがて上半身は完全に沈んだ。抵抗していた時より純粋に脚の重さを感じる。リョウジはやがて左脚だけ放し、あいた手で右足首の脈拍がないことを確かめた。そのまま右脚も折り曲げ湯船の中へ落とすと、わずかに両膝頭を水面に突き出した状態で、標的の身体は沈んだ。死んだフリでは不可能な沈み方。肺にまで水を吸いこんだ人体は、四肢を湯船内のどこにも突っ張らせていないにもかかわらず、深く沈みこむ。

波もおさまった湯船の中を覗きこみ、リョウジは自分の痕跡が残っていないか確認する。湯を張り替える方法もあるが、死後に湯が張り替えられたことを知られた場合、痕跡を残すよりマズかった。作業着の袖が濡れ不快だが、体毛や皮膚といった自分自身の痕跡を残さないためには、捲《まく》るのも我慢する。標的の身体の垢や抜け毛などが視認できた。綺麗すぎる湯は疑われる。両脇で強く締めつけていた両脚の膝近くの箇所にも、鬱血の変色等はなかった。

水は、特に高い温度を伴った湯は、痕跡を駄目にする。発見されても体温変化による死亡時刻の推定は困難となり、身体表面もふやけ、その場に残されたはずの殺人者の指紋や、体組織から導き出されるＤＮＡ情報も壊される。屈み腰で近視眼的なチェックを終えたリョウジは、立ち上がり俯瞰《ふかん》した。完全に静まった水面はガラスか鏡のようで、目を開けたままそこに沈んでいる男は自分かと、一瞬錯覚させられた。

バスルームから出たリョウジは、鼻のむず痒さを覚えた。湿気のあるバスルームと違い、埃のたちやすいカーペット張りの空間からは、早急に出る必要があった。玄関で濡れた靴下のままスニーカーを履く。汚染された空間でくしゃみをすれば、唾液に含まれた代謝物を撒き散らしかねない。

ウェストポーチを腰につけ軍手をはめたリョウジは外へ出て施錠し、外階段を九階へ上ってからエレベーターで一階へ下りる。玄関で擦れ違った同世代と思しき三〇前後の男に、「こんばんは」と出入りの業者らしく下手に出て挨拶した。相手からはなにも返されなかった。

最寄りの地下鉄駅ではなく、十数分歩いたところにあるJR線の駅へ着くとコインロッカーからスポーツバッグを取り出し、駅構内のトイレの大便所へ入った。作業着と靴下、軍手にラテックス手袋を脱ぎ、代わりに替えの靴下、インディゴブルーのジーンズと黒いTシャツ、ネイビーのフィールドジャケットに着替えると、脱いだ物をスポーツバッグへしまった。

帰宅客で混む電車の窓側に立ちながら、リョウジは見落としがなかったかと頭の中で反芻《はんすう》する。殺すのみであれば、誰にでもできる。金がなく短絡的な者に二〇万円前後の金でも摑ませれば、ナガヤマ・コウタを消すことなどわけもない。ただ、殺した者が誰であるか、命令した者が誰であるか特定されるのを防ぐには、慎重にやらざるをえない。そもそも誰かに殺されたのではなく自然死・事故死だと周囲に思わせるには、プロの技術がいる。

科学捜査技術のめまぐるしい進歩があるいっぽうで、溺死に関する捜査技術だけは、四半世紀前からあまり進歩していない。水は証拠を洗い流す。年間の溺死者の一割ほどは事件性のある怪しいものだと疑われはしても、結局証拠不十分のまま事故死扱いで処理される。リョウジはこれまでにも何度か、同じような方法で行ってきていた。

任務を終え、空腹感におそわれていた。無分別にどんな糖分でも摂取していた頃と違い血糖値が激しく上下しないぶん、苦しいほどの空腹感ではない。訓練により六〇時間なら絶食しても、精度の狂わぬ仕事を行える身体にはなっていた。約八時間ぶりに空腹を満たすというより、なにかを味わいたい欲求に駆られていた。

新宿で乗り換え、やがて下車したリョウジは、駅前のチェーン系飲食店がひしめく一帯を足早に抜ける。安い料理には、安く提供できる理由がある。製造ラインの共通化、そして食材への妥協は避けられない。

深夜二時まで営業のスーパーにさしかかり、冷蔵庫内になにが残っていたかをすべて思い出す。食材を買っていこうかとも思ったリョウジだが、仕事終わりで疲れていた。入店後無駄な動きなく五分以内に買い物を済ませ店の外に出る、という気にはなれなかった。腕時計を見ると、二二時一二分だ。

駅から徒歩八分の自宅賃貸マンションと駅の中間地点に、小ぎれいな日本家屋の店が建っている。引き戸を開けたリョウジは、カウンターの向こうに立つ大将と、テーブル席の後かたづけをしているおかみの他に、座敷席の中年男三人組とテーブル席の若い女一人を見た。

「あらー、いらっしゃいませ」

「いらっしゃい」

おかみと大将二人の挨拶に笑顔で応じ、奥のカウンター席へ歩きながらリョウジは、二人掛けテーブル席にいるスーツ姿の若い女を通り過ぎざまに見た。初めて見る顔だ。ビール瓶の他に、刺身が数切れ残ったままの皿があった。スカートからのぞく柔らかそうな脹《ふく》ら脛《はぎ》からして、全速力で走る機会やその必要性に駆られたことなどもう数年はなかっただろう。つまり、同業者のたぐいではない。

L字形カウンター席の向かって右端、横目に出入口が見える位置に座ったリョウジは、刺身定食を注文した。大将が掠《かす》れた声で返事をし、立ち位置からして注文を聞き取れていないであろうおかみも大将の声に反応し「刺身定食ですねー」とお盆を運びながら返す。リョウジはいつも刺身定食ばかり頼んでいた。

お茶を飲みながら待つリョウジに対し、二人が酒の注文を訊いてくることもない。訊かれたのは初めて訪れた日、ちょうど今日のように任務後疲弊し、スーパーへ食料の買い出しに行く気力もない晩だけだった。アルコールが飲めない体質ではないが、大麦を原料にしたビールは避けたほうがいいし、ビール以外の酒にしても、ア

ルコールの作用で食材の選別に鈍くなるのを避けるのは、ここ六年で癖となってい
た。そのことを、大将とおかみは理解してくれている。
「仕事帰り？」
「はい。昼に食べたきりで、お腹空かせて来ましたよ」
おかみに訊かれたリョウジは、新橋にあるベンチャー系ウェブ広告会社の技術者
という設定を意識する。
「お昼は手作り弁当？」
「ほぼ日の丸弁当でしたよ。会社の近くには色々な店もありますけど」
「そうよねえ、うっかり変なもの食べらんないもんねえ」
「寿司屋以外で、気兼ねなく外食できるのはここだけで。発症してからは諦めてた
天ぷらも食べられますし」
「うちも孫娘のため必要に駆られたからねえ。孫娘専用の調理器具とか器とか揃え
たけど、それを活かせるお客さんが来てくれるとこっちもありがたいわ」
食物アレルギー対策万全をうたう店でも下手なところだと、調理器具はろくに洗
いもせず使い回しだ。
「やっぱり身近にアレルギー持ちでもいないと、徹底した管理を行うのは難しいん

でしょう」

「なにかのご縁があったのよねえ、きっと」

　この醤油はなんですか。

　初めて来店した晩にカウンターの二人へ訊いたその一言が、打ち解けるきっかけとなった。銘柄と産地、原料まで丁寧に教えてくれた大将にリョウジは礼を述べ、小麦が使われている製品かどうか確認したかったことを告げた。すると小麦アレルギーなのかと訊かれ、頷いたリョウジに対し、おかみが小学生の孫娘の食物アレルギーについて語りだしたのだ。

「お待ちどおさま」

　大将から刺身定食をカウンターに差し出される。

「自分は二四の時、大人になってからの発症だったのでもう一生背負っていくと思いますけど、お孫さんは子供だから、良くなる可能性はありますよ」

「なんの事故も起こらなきゃいいんだけどね。孫娘やナンブさんを見ててもご本人たちはその生活に慣れてるんだろうなってのはわかるけど、周りの人たちが慣れてないから。食品だけでアレルゲンが六つもあると外食なんてさせられないし、調理の責任も全部自分にかかってくるしで、うちの娘もはじめは痩せちゃってね。今はそんなこともなくて、あんなに料理下手だったのに、まともなもの作れるようになったけど」

「ほら、自分ばかりそんなに喋るな」

大将がカウンター越しに立つおかみに言うとおかみは「めしあがれ」と言い、他の客たちのオーダーに応えにいった。

四角いガラス皿に盛りつけられた数種の刺身にご飯、お吸い物、漬物はどれも自炊ではなかなかありつけないものだ。マグロを醬油に少しだけ漬け食してみると、口の中でアミノ酸が溶ける舌触りに、普段使われない脳の回路が活性化するのを感じた。

「おいしいです」

「ありがとうございます」

大将により捌《さば》かれた刺身はどれも、ついさっきまで生きていた魚の身を削ぎ取ったのかというほど、歯ごたえがしっかりしていて、それらが生物だったことを思い起こさせた。なにかを殺し、食べているという実感があった。

＊

日本有数の大学病院の混み具合はすさまじく、訪れた人々は受診する科に関係なく、空いている席があれば座っていた。

脳神経外科の隣、アレルギー科の横五列縦四列の待合席最後部右端で、午前一〇時半の受付後小一時間待っていたリョウジは、文庫本へしおりをはさんで閉じると、液晶表示の診察番号を見た。あと六人で番が回ってくる。

文庫本を閉じた理由は、さきほど空いたばかりの席に座った男児が騒ぎだし、若い母親も形式として軽く注意するだけで、ろくに静かにさせようとしないからだった。子供が騒ぐのは仕方ないが、母親の態度に苛《いら》ついてしまい、集中できなかった。

昔と比べ、怒りっぽくなった。おそらく食生活の変化によるものだとリョウジは思っている。

六年前の訓練中、大鍋で作られたカレーライスを食べた直後に突然、蕁麻疹を発症した。その翌々日に寮内でカップラーメンを食べた後、ジョギングを行ったところ、食物依存性運動誘発アナフィラキシーショックで倒れた。山形市内の病院へ搬送後、小麦アレルギー体質になったのだと告げられた。

以来、小麦を含むあらゆる料理を口にできない食生活となった。パンや麺類、なにが使われているかわからない料理も口にできなくなり、主食のご飯に、小麦混入がないと一目でわかる肉と魚、野菜が多くなった。リョウジの食生活は肉中心の高タンパクなものとなり、以前より筋肉はつきやすく、常に体温が高く怒りっぽくなった気がする。

男児が席の上で飛び跳ねだしても、若い母親は雑誌をめくりながら形だけ怒ってみせるだけだ。ハンドバッグの上には、食べかけの菓子パンが入った袋を置いている。アレルギー科を受診しに来たのではないだろう。とにかく自分たちが座りたいという欲望のために、小麦アレルギー患者たちの命を、危険にさらしている。

「こら、静かにしろ」

野太い声がリョウジの左隣から発せられると、男児は後ろを振り向き、母親もそれに続いた。腕を組みながら眠っていたスキンヘッドの巨漢が、母子へ顔を向けている。茶系サングラスの存在が威圧感を与えるのか、母親は前を向き子供の腕を引っ張り無理矢理座らせ、一言二言、叱るというより文句を垂れていた。躾《しつ》けているわけではなく、自分に恥をかかせた子やスキンヘッドの男に対し怒っているだけの、救いようのない親だった。

腕を組んだまま再び顔をうつむかせたスキンヘッドの男はしばらくすると起き、手を挙げた。隣の脳神経外科の診察室出入口から出てきた、若い看護師が反応した。

「タムラ・テツオ様？」

「はい」

「保険証をお返しいたします。こちら保険証は、前にご来院いただいた二年前のものから変更ということで、お間違いはないですね」

「うん。前の勤め先は潰れちゃって、国保に切り替えたばっか」

看護師と話すタムラ氏の顔は、ほとんどリョウジのほうを向いていた。右耳でも悪いのか。そのうちに、前の席にいた母子はどこかへ移動した。

「すみませんね、あなたにガンつけてるわけではなくて。右耳が悪くて」

リョウジの視線に気づいたのか、詫びてくるスキンヘッドのタムラ氏に、リョウジは軽く会釈する。

「わかります。自分も昔、右の耳元で大きな発破音がして、突発性難聴になったことがありますから」

訓練中に幹部候補生の同期が起こしたミスを、耳をつんざく音の記憶と共にリョウジは思い出す。

「そうですか。ただ私の場合、中耳炎とか鼓膜の損傷は関係なくて、聴神経腫瘍なんですよ」

「聴神経に腫瘍、ですか」

「ええ。内耳の蝸牛《かぎゅう》から脳に繋がる神経の途中に腫瘍ができて、二年前に一度、ガンマナイフで除去したんですが、再発したみたいで」

「そうなんですか」

「補聴器つけてもなんだか聴こえの悪い日が最近増えて。ガンマナイフだと皮膚も骨も切らず聴神経を傷つけるリスクも少ないからって言われたんだけど、駄目だねあれは。皮膚でも骨でも切開して、悪いものを全部切り取らなきゃ根治しないんだよ、やっぱ」

　いかつい風体であるタムラ氏のおしゃべり気質を少々意外に思いながら、リョウジはどことなく心地好《よ》く思っていた。波長が合う。

「原因とか、あるんですか」

「携帯電話で電話をかける時の電磁波が脳に悪いって言われたりもするけど、関係ないんじゃないんですかね。聴神経腫瘍になる人間なんて一〇万人に一人だし」

「患者数が少ないから、手術できる病院なんかほとんど東京のいくつかの病院に限られてて」

「一〇万人に一人」

「地方から来られたんですか」

「今は東京。ついこの前までは茨城にいたんですが」

勤め先で加入していた健康保険から国民健康保険に切り替えた理由が、そこにはあるのだろう。

「おたくも、診察ですか?」

「ええ、小麦アレルギーの」

「今時の生活環境だと、どうしても抵抗力が弱くなるしね」

「逆です。体内の強すぎる免疫反応に、自分自身が攻撃されるんです」

「あ、そういうもんなんですか」

「気づかず小麦を食べ運動でもした時には、気道が腫れて呼吸困難になり、そのままお陀仏です」

「あ、大変だそりゃ。まあ人の生き死になんて、流れですよ。死の流れに乗らない限り生き続けるけど、乗ってしまったら、諦めるしかない」

やがてタムラ氏が診察に呼ばれた。ほどなくして自分の番になったリョウジは、先週行った血液検査のデータを基に、アレルゲンである小麦で練られたうどんを一グラム経口摂取し、ベッド上で横になる。数分経過してから、再び医師のもとへ呼ばれた。ノギスで皮膚上の発疹の大きさを測られたりと、いつもどおりの検査を受ける。

「反応は前回とほぼ変わりませんね。このまま気長に減感作は続けていって、様子を見ていくというのでいいのではないかと思います」

四〇代半ばと見られる医師ははっきりと言い切るわけではなく、提案するように言った。アレルギーに関しては未だわからないことが多く、アレルギー治療の権威とされる病院の医師でも、そのような判断しか下せないのだ。少しでも免疫がアレルゲンに慣れてくれれば儲けもの程度に、リョウジは思っていた。

「エピペンの処方も必要ないですね」

「はい、今日も携行しています」

「もう何年も続けていらっしゃる方に言うのもくどいですが、食事による自己流の減感作療法は行わないでくださいね」

「大丈夫です。念のため大麦も避けているくらいなので」

「遺伝子構造的に大麦は小麦と違いますが、小麦だけ駄目だった方が大麦も駄目になるケースはありますからね。賢明だと思います。それではまた一ヶ月後に」

病院を出ると、曇り空だった天気が快晴へと変わっていた。初冬にもかかわらず暖かさを感じるほどだ。今がちょうど正午だと知ったリョウジは、ここから電車ですぐの自宅へ帰るのももったいなく感じ、新たな飲食店を開拓しに行こうと思った。豊洲あたりの店を開拓するのもいい。

地下鉄駅出入口近くに来たところで、立ち止まった。

「気づいてたか」

振り返ると、アーミーグリーンのMA－1ジャンパーを着た長身の中年男が立っていた。

「いや。なんとなく振り返った」

男は顔に笑みを浮かべた。羽織っているMA－1は野暮ったいデザインと縫い糸の太さからして、ホームセンターで売られている代物だろう。どこかの商工会のオヤジにでも絡まれているような心地に陥った。組織の指令伝達係には見えない。

「……不具合でも？」

「新しい任務を伝えに」

標的と目をあわせたバスルーム内での記憶が、リョウジの脳裏に甦る。

「ペースが速すぎる……前回から一週間しか経ってない」

「今回も期限つきの任務で、一八日以内に済ませろって。続く時は続く。世間様は俺たちの都合に関係なく動くんだし、俺だってナンプ以外の何人ものバックアップをしてるんだ」

「ある程度は休みがほしい。普通じゃないことを、しているんだから」

「また田舎へでも逃げるか」

リョウジは首を横に振った。

団体行動で一緒に食事を摂る難しさから前の職場を退職後、今の仕事に就き、流されるようにして二度目の任務を終えた頃のことだ。このまま続けてしまっていいのかと逡巡《しゅんじゅん》し、東京を離れた。

しかし逃避した先の長崎県五島列島に、ササダは間もなく姿を現した。アパート二階の玄関先で、怒りもせず軽い口調で、次の任務を伝えてきたのだった。携帯電話もクレジットカードも所持せず、飛行機には乗らない念の入れようだったにもかかわらず、わずか一ヶ月足らずで居場所を突き止められた。リョウジはその時初めて、組織の力の大きさを知った。しかしリョウジが実際に接する人間は、指令伝達係のササダと、鍵屋のカネモトくらいだった。

「俺じゃないと駄目なの？」

一回り以上年上であるはずのササダは、リョウジの上官でもない。初対面時に本人から説明された。貸会議室でのスーツの男たち二人による面接後、初めて顔を合わせた時から、なぜだかずっと敬語は使っていない。

「手が空いている人員が他にいない。それに、若めの男が適してる」

「ってことは、また力仕事か」

ただ殺すだけであれば、誰でもできる。かつて官費で殺人の方法を学んだ身だからこそ、それを使うことには抵抗があった。官費で学ばされる殺しの形跡を残せば、官費で学んでいった者たちがまず疑われる。

事故死に見せかけるのが難しいケースなら、急所へのナイフ一突きで殺せるところをあえてのメッタ刺しというふうに、非力な素人による犯行だと思わせるよう手間をかけてきた。うっかり急所を攻めプロの手口で殺してしまった場合は、要りもしない小金を盗んでみせ、不良外国人による犯行を装った。

「反撃にあった場合、おまえなら確実に自分の身を守れるだろうという判断だ」

「先月の中国マフィアの件みたいな、くだらない仕事はごめんだからな」

リョウジが不満も露《あらわ》に言うと、ササダがうなずいた。

「情報も準備期間も少なかったけど、よくやってくれたよ。ただ、頭《かしら》以外の連中もまとめて処理してくれたほうが、その後も楽だったけどな。どうせあの場に揃ってたんだし」

「それなら余計に、俺である必要がないだろう。そこらの奴に手榴弾でも渡して投げさせればよかった」

「わかった、わかった、あるいはあんたがやれば」

「わかった、ごもっとも。それは認めるとして、ほら、受け取れ」

リョウジはA4判茶封筒を渡された。

「次の資料。必要な鍵はカネモトが渡す。あと、タダが任務中に行方をくらました。捕まったか、殺されたのかもわからない」

リョウジはササダの目を見た。

「タダがとりかかってた任務の、プラン変更版がこれだ。標的はタダの時とは異なるが、それによってもたらされる世間への影響は同じだ」

タダ――前職での先輩で、リョウジを組織へと紹介した張本人が、行方不明になったのか。

「頼んだ」

ササダは歩き去っていった。

築地で寿司にありついたリョウジは、自宅最寄り駅へ電車で戻った。

今の稼業に就き間もない頃のことが思い出される。タダに紹介され品川の貸会議室でスーツ姿の男二人から簡単な面接を受け、初めての任務はタダと一緒に遂行した。呆気《あっけ》ないほどうまくこなせ、二度目からは単独で任されている。あれから五年、同じ組織にいるタダとは一切連絡もとっていなかった。

小麦に殺されそうになった経験は、二〇代だったリョウジの人生観を変えた。敵はどこに潜んでいるかわからない。農場からの物体Xは何にでも擬態し、強すぎる免疫機構というキラーに接触し、宿主を殺させる。

駅から自宅への道を歩きながら、リョウジは家の中にあるすべての食料を思い出す。冷蔵庫の中には牛肩ロースが半パック、卵二つに鰤《ぶり》大根の作り置き、冷凍庫には鶏胸肉が三切れにノルウェー産サーモンが二切れ、ミックスベジタブル半袋ぶん、野菜室にはキャベツにトマト、ニンジン、生姜にニンニク、食材庫には乾ビーフン一束にカットわかめ、それと米が残り三キロほど。買い出しをしておくべきだった。

スーパーへ近づきながら、揃えるべき食料とそれらの買い物を済ませる最短ルートを考える。小麦粉が空気中に飛散するスーパー店内に、五分以上居てはならなかった。特にパンコーナーや総菜コーナーは小麦アレルギー患者にとっては死のエリアで、近づいてはいけない。

店に入ってすぐ左側に位置するパンコーナー、総菜コーナーを避けるように店中央を抜け、食粉コーナーへ向かう。純度一〇〇%の小麦粉がある危険地帯だがパンコーナーよりマシで、鼻と目にむず痒さを感じながらも乾ビーフン、そして棚の隅にある米粉一キログラムを手に取る。リョウジが取ったぶんで品切れとなり、これでまた店からメーカーへの発注がなされる。カレーコーナーで小麦不使用のカレーパウダー四〇〇グラム瓶を手にし、野菜コーナーや魚介類コーナー、肉コーナーで目当ての品を選び取りレジへ向かった。腕時計を見ると店に入り三分が経過していたが、夕飯の食材買い出しの時間帯より早いため、レジで長時間待たされる心配はない。

すると五台中二台稼働しているレジ列の片方に立つ、見知った小さなシルエットにリョウジは気づいた。一ヶ月ほど前、同じような時間帯に会った記憶がある。どこか所在なげに後ろを向いたりしている白髪の初老女性の真後ろに並び、声をかけた。

「こんにちは」

初老女性はリョウジを見上げた。

「あら、あなただったのね」

「なにか、買い忘れでもしたんですか」

レジ係の太った中年女性が、初老女性の並べたカゴの中から取り出した米粉一キログラムの袋のバーコードを読み取る。

「椎茸《しいたけ》をね、買うつもりだったんだけど、忘れちゃって。乾物コーナーは小麦があるところにも近いでしょう、またあそこに行くのは今日はもう無理で」

そう言いながら、痒みを覚えるのか、長袖のニット越しに初老女性は右手で左腕をかいている。身体が俊敏に動かない年齢の人であれば、アレルギー反応なしの短時間で買い物を終えることは難しい。

「他に買い残したものはありますか」

「トマトの水煮缶も欲しいけど、また今度にするわ」

「取ってきますよ。会計済ませて先に外へ出ててください」

リョウジはカゴを置き駆け出し、半ば息を止め目当ての品々を取ってくるとレジへ戻った。レジ処理は中断されており、リョウジがパック入りの椎茸とトマト缶二つを差し出すと再開された。自分のぶんのレジ処理も終えると、買った商品をレジ袋へ入れるのをすぐ済ませ、初老女性の持つ重そうな袋も持ってやり、駆け足で店外へ出た。少し遅れ、初老女性がやって来た。

「申し訳ないわ。あなただって、同じ症状なのに」

「自分は、小麦だけですし。それにまだ軽度なほうですから」

小麦に接触した後で運動すればアナフィラキシーショックを起こすレベルは、軽度ではない。しかし隣家で天ぷらを作られただけで呼吸が苦しくなってしまうと以前話していた彼女よりは、軽い。途中まで帰る方向が一緒の二人は、ゆっくり歩く。

「私たち二人で、今日も米粉を買い占めちゃったわね」

あのスーパーの棚に、米粉が三袋以上置かれているのをリョウジは見たことがなかった。いつ見ても、二袋までしか置かれていない。

「これからもずっと買い支えてくださいよ。僕一人しか買わなくなったら、たぶん店の人も発注しなくなっちゃうんで」

「私のほうからもお願いよ、年寄り一人が米粉パン作るためだけのペースで買うんじゃ、採算合わなくて入荷されなくなるもの」

「助けあいましょう」

ホームベーカリーを所有している二人は、インターネット通販を利用できないという共通点があった。初老女性はテクノロジーについてゆけず、リョウジは個人情報の漏洩を防ぐため。

「米粉パンはおいしいけど、すぐ硬くなるのよね。冷凍したのをトースターで焼いても、あのふっくらとした食感は取り戻せないし。できることなら、また昔みたいに小麦粉のフワフワのパンが食べたいわ」

リョウジは頷く。昔からご飯党だったものの、小麦アレルギーを発症してからは、小麦で作った普通のパンを食べることを夢見るようになった。可能性が失われたことによる飢えが、つきまとっていた。

「医学が発達すれば、また食べられるようになりますよ」

「何年かかるかもわからないし、そこまで贅沢言わないわよ。癌が治った後、これからはお釣りの人生だと思っていた頃に発症したからね、私は。まだ若いあなたが生きているうちには、小麦も食べられるようになるんでしょうね」

「治ったとしても、元の食生活には戻らないと思います。新鮮な肉や野菜しか摂らなくなったので」

「新鮮な食材は、硬いでしょ。歯も弱くなってくると、食感の硬い和食なんかは敬遠しがちになって。スパゲッティーにピザ、ケーキとかを毎日食べられるようになったら幸せなんだけどね」

「娘さんご夫婦は、毎日そういう食生活なんでしょうね」

「帰省した時なんかは、私に和食を作ってってせっついてくるのよ。もう二〇年近く住んでるのに、イギリスの食は口にあわないらしくて」

やがて、二人の帰宅路の分岐点へさしかかった。

「さっきは本当に助かったわ。ありがとう」

初老女性と別れたリョウジはそのまま少し進んで立ち止まり、後ろを振り返った。

ダウンジャケットに身を包んだ小柄な男が、メガネ越しに視線を向けてきていた。

「鍵、もうできたのか」

鍵屋カネモトが、微笑しながらリョウジへ近づいてくる。同世代の中国系在日二世の手には、茶封筒があった。

「あのお婆さんは知り合い？」

「スーパーでたまに会うだけ」

カネモトにもササダにも、自宅の場所は知られている。

「浮かない顔してるよ」

「そう？」

「少なくとも俺は気乗りしない。でも、ナンプはやるんでしょ」

リョウジは封筒の重みと手触りを感じる。カードキーが一枚に、金属キーが二つ。金属キーは二本とも体積が大きく、樹脂製ＩＣチップ搭載型かもしれなかった。高度なセキュリティーシステムで用心している相手は、それほど面倒でもない。セキュリティーシステムを設置し安心してしまう者が大半だからだ。

「気乗りしない？　珍しいな」

「まだ詳細を聞いてないのか？」

「これを昼頃に渡されただけ」

ササダから渡されていたＡ４判の茶封筒をリョウジがショルダーバッグから出すと、カネモトが首を横に振った。

「標的が誰かも知らないのか」

「誰なんだ」

「警察官だよ。警視庁組対《そたい》の、現役の刑事だ」

目を閉じても、開けても、見える世界は変わらない。

闇だ。

＊

光も音もない空間で、リョウジはしばし自分の置かれている状況を忘れた。肉体と精神の輪郭すら、ぼやけてくる。その肉体と精神が為してきたこと、為そうとしていることの意味や理由もぼやけ、摑めない。人が人を殺すことの必要性がどうすれば生じるのか、わからなかった。標的から命を狙われているわけではない。標的を殺さなくても、自分は日常を生きてゆける。標的を殺せば、標的以外の大勢の人間が間接的に救われるという、いつもの論理におちつく。しかし、警察官を殺すことの理由と必要性に、どこか弱さを感じざるをえないでいた。

腕時計のバックライトボタンを押すと、一九時四二分。試しにここへ入ってみて一〇分が経過した。ウォークインクローゼットから出たリョウジは、潜伏場所をこの二畳間に決めた。いくつかの道具をそこに残したまま、持参したフラッシュライトの明かりだけを頼りにリビングへ進む。

妻子と離れ暮らす離婚調停中の男の４ＬＤＫ住まいは、そこそこ散らかっている。フラッシュライトの明かりを消しても、掃き出し窓のレースカーテン越しに差し入る月明かりで、空間内や家具がはっきり見えた。リョウジはレースカーテンをめくり、外を見る。埋め立て地の高層マンションがいくつか見え、光の反射が他と異なる一角は海だった。一八階に位置するこの部屋を監視できる場所はなく、標的ヤマデラ・ツヨシがどんな生活を送っているかわからなかった。

早めに侵入したが、警視庁組織犯罪対策部の刑事が二〇時前に帰宅するとは、考えづらかった。今夜は帰宅しない可能性も、充分考えられる。

リョウジは一四時前に最後の食事を摂ってきた。標的は銃を携行しているかもしれない。腹を撃ち抜かれ消化物が体内に四散し、医者に頼れない状況で自己流の洗浄消毒や処置に手間取れば、助かる見込みは減る。反撃の可能性は軽視できない。いざとなれば、たとえば腎臓を殴り動きを止め、首の動脈と気道を切断するつもりだし、接近戦が危うければ射殺する。しかし集合住宅内での発砲は避けたかった。サプレッサーを使っても一一〇デシベルほどの減音効果しかないため、両隣と上下の住人が音に気づく可能性は高い。そうならないためにも、静かにやり遂げるべきだ。全部屋の換気状態を再確認したリョウジは、再びウォークインクローゼットへ戻った。

音がした。ドアが開けられたのがわかり、ウォークインクローゼットの中央であぐらをかいていたリョウジは、冬物ロングコート数着の裏に身を押し込む。廊下の明かりが灯され、わずかな隙間から光が射す。

ホルダーからナイフを取り出したリョウジは、かまえた。ソファーの上に散乱していた二つのハンガーからして、脱いだ服をクローゼットへ掛けに来るとも思えないが。標的は、リビングへ歩いて行った。

リョウジが身を潜めているウォークインクローゼット内には、二本のボンベが置かれている。一酸化炭素ボンベと、酸素ボンベ、そして吸引マスク。

もう、いつでも実行に移せる。標的の就寝中が最も適しているが、起きている段階で一酸化炭素ボンベのバルブを全開にしても、問題ない。酸素の二五〇倍へモグロビンと結合しやすい一酸化炭素は、細胞に酸素が届けられる機会を奪い、身体の内側から窒息死させる。臭いもなく標的の細胞へ忍び寄り、気づいた時には身体が言うことを聞かず、換気や脱出もできぬまま死ぬ。空調システムを考慮しても、4LDK全体の空間容積と一酸化炭素ボンベによる分速噴出量で計算すると、空気中

CO濃度を〇・五%にまで高めるのに一〇分足らずで、三〇分以内に標的は窒息死する。

酒を飲んだ後に死ぬのは、殺されるほう、殺すほう両者にとって理想的だ。わずかな時間感じるらしい頭痛や吐き気をアルコールによるものだと勘違いしてくれれば、当人は悪酔いだと勘違いした末、よくわからないまま永遠の眠りにつける。その後の偽装工作も簡単で、マグカップと紅茶パックを並べ、ガスコンロでヤカンを適度に焦がし、換気が済んだ後、無効にしていたガス検知警報器を有効にさせればいい。作動しなかった警報器や一酸化炭素の発生量といったいくつかの怪しい点は残るが、事故死の仮説を組み立てられる要素を残してやれば、一員を失った警察組織のメンツも保てる。殺人事件の仮説より、事故死の仮説に信憑性をもたせればいいのだ。

シャワーを浴び二回トイレに行った標的は、寝室へ入った。物音がしなくなり、一〇分が経過した。時刻は〇時一二分。

刑事を、殺す。肩書きに気負う必要もない。肩書きは肩書きに過ぎず、その人物の中身を表してはいない。多くの人間に不幸をもたらす人間であっても、時に社会的な肩書きが、彼ら彼女らを無害な人間へと擬態させる。

あぐらの姿勢で二本のボンベと吸入マスクを手に取る。リョウジは酸素ボンベと管で繋いだマスクを顔に装着し、バルブを開けた。

一酸化炭素ボンベのバルブも、開栓した。ボンベを置いたまま、ウォークインクローゼットの扉を少しだけ開ける。

この殺し方は、木造集合住宅や、ＲＣマンションでも古い建物では使えない。密閉性の低い住宅でこれを行った場合、空気よりもわずかに比重の軽い一酸化炭素は上階の住人の命まで奪う可能性があった。リョウジは殺されるべき人間しか、殺さない。

ヤマデラ・ツヨシは、殺すに値する人間である。指令伝達係ササダからはそう伝えられていた。

警視庁公安部時代に獲得した協力者を掌中におさめたまま、組織犯罪対策部へ異動となり二年が経つヤマデラは、人脈を用い、ありとあらゆる人間を強請《ゆす》ってきた。相手は店を営む外国人居留者、国会議員、警察関係者と広範囲にわたり、リョウジたちが身を置く組織の構成員にまで及んでいるとのことだった。

今回の標的を消すことで、組織への脅威を取り除ける。高濃度の一酸化炭素に包まれた空間内で、純度一〇〇%に近い酸素を吸引するリョウジは、脳がいつもとは違うように活性化する感覚があった。

標的は悪徳警官だが、直接的に、間接的に大勢を殺そうとしているわけでもない。今回は、これまでの任務とは異なる。組織の自衛のために殺すのだ。自分でもできる限りの調査をしてみようにも、依頼日から一八日以内という期日を無視するわけにはいかず、残り四日を残した今日、こうして実行に移している。

バルブを開栓してから、一〇分が経った。寝室の一酸化炭素濃度は〇・五%に達したはずだ。家庭内暴力が原因で三つ年下の妻と小学五年生の娘に出て行かれた四四歳の男は、あと三〇分以内にこの世を去る。喫煙者であるヤマデラは通常時の血中一酸化炭素濃度も高いはずで、場合によってはもう一〇分ほどで命を落とす。

開栓後一四分が経ったところで、リョウジは一酸化炭素ボンベのバルブを閉めた。左腕に酸素ボンベを抱え立ち、ウォークインクローゼットの外へ出る。ナイフをかまえ、常夜灯の点けられた寝室に入る。標的はダブルベッドの中央で横になっていた。仰向けの状態で露わになっている顔に、苦悶の表情を見いだせた。ゆっくりとしたペースでまだ呼吸はしている。中等症の段階で、脈動性の頭痛と吐き気に襲われているのだろう。

リョウジはしばらく逡巡した末、己の違和感を信じたくなった。ナイフを握った右手の甲で強めに標的の顔を叩いた。すると、吊り気味の目が開いた。

「状況、わかるか」

標的の目から、表情は読みとれない。判断能力が極度に低下し、夢と現実の区別がついていないのだろう。リョウジは頬をナイフでつついた。硬く冷たい皮膚感覚を受けてか、ようやく顔に警戒の表情が浮かんだ。

「自分がなんで殺されるかわかるか」

マスク越しのリョウジの言葉もちゃんと認識できたのか、ヤマデラの表情が変わった。呆けたような表情だった。

「……いや」

声帯から絞りだされた低いうめき声を聞いたリョウジは、ヤマデラの右頬にナイフの刃先をあて一〇センチほど滑らせる。黒っぽい線が、遅れて浮かび上がった。

「強請る相手を間違えた。こちら側に関与しようとしてはいけない」

ヤマデラはわずかに目を見開いた。この男が組織の存在に気づき、なにかをしようとしていたのは、間違いないようだ。

「助かりたいか」

「……はい」

「なら、手を引け。全て忘れろ。わかるか」

「はい」

「その通りにしなかったら、次は殺す」

リョウジは北向きの窓を開ける。冷気が流れこみ、その空気の対流も一瞬で終わった。リビングの窓も全開にしてから吸入マスクを顔から外し、酸素ボンベのバルブを閉め、ウォークインクローゼットの中に置いていた道具もバッグへしまう。寝室で横たわり動けないままの標的を一瞥したあと玄関から退出し、エレベーターで一階へ下りた。

標的を殺すのに失敗したことは、これまでにもあった。しかし、あえて殺さなかったことは一度もない。無人の広いロビーを歩きながら、リョウジは身体を落ち着かせようとしていた。最寄り駅から電車に乗るわけにもいかない。命を狙われた刑事は、防犯カメラの映像をチェックするだろう。

もう少し歩いてからタクシーを拾おうと考えたリョウジは、ボンベ二本の入った重いドラムバッグを抱え歩く。きれいな升目状の平坦な埋め立て地を行くうち、大きな川へさしかかり、緩やかな勾配の橋を上る。高速道路のジャンクションからも近いせいか、車道の交通量はこの時間でも多く、大きなトラックが通るとわずかな揺れを感じた。

歩行者専用道の中ほどへさしかかりながら、リョウジは左手に広がる景色を見る体《てい》で、後方へ意識を向けた。一五メートルほど後ろをついてくる人物がいた。

犯行現場からの逃避のため速いペースで歩く自分より、さらに速い足取りで歩くとは、普通でない。リョウジがドラムバッグのファスナーに手をかけた途端、背後の足音が変わり、リョウジも前方へ駆けだした。

空気を裂く音が聞こえた時には左腰をなにかがかすめ、乾いた音がもう一度鳴った時には左腕に熱を感じた。銃撃だ。銃を取り出すチャンスもないリョウジは、バッグを川面へ放り投げいったん車道側に寄ると、欄干へ向かい斜めの角度から走る。

飛び乗った欄干から川面へ跳躍したリョウジの身体は自然と上を向き、橋の欄干からのぞいてくるタダの顔を見た。

*

待合席はいつにも増して混雑していた。冬は全体的に混むことを、通い慣れたリヨウジは知っている。減感作療法のためこの大学病院へ足を運び続けてはいるが、他の用件で病院へ行ったことはここしばらくない。

夜の冷たい川で投げ捨てたバッグを回収し、岸まで泳ぎ着き、低体温症に苦しみながら数時間かけ歩いて帰宅したあの晩も、銃創の手当ては自分で行った。腰はミミズ腫れ、左上腕は火傷をともなうわずかな損傷で済んだ。

番号が呼ばれるまであと四人。壁に寄りかかり待つうち、リョウジの目は接近してくる男の顔を捉えていた。畳んだダウンのコートを左腕にかけ、赤茶色のセーターにベージュのチノパン、顔にはマスクといういかにも風邪引きの中年男性にしか見えない男は、リョウジの右隣に立った。

「俺がタダだったらどうする。もしくはヤマデラだったら」

真面目半分、嘲り半分の口調でササダが言った。ヤマデラを生かしタダに命を狙われて以降、電話連絡をのぞき、指令伝達係のササダと接触するのは今日が二度目だ。

「ヤマデラはまだ生かされてるのか」

「他の要員をまわす余裕なんかない。馬鹿な判断などよすんだったな。ますますやり辛くなった」

「……やり辛くなったって？」

「公安時代のヤマデラの上司が逮捕された件、資料に入ってただろう」

　その件ならリョウジも調べていた。表向きは高齢者介護用のセンサーや個人情報認識チップを扱う外資系精密機器メーカー、実態としてはレーダーをはじめとする情報戦用軍需機器を主力で製造する企業がある。その外資系企業と警視庁公安部関係者数人による違法行為が露見し、十数名が逮捕されていた。東京都下での発砲事件をともなう大事だったにもかかわらず、情報統制によってか、一般レベルでは既に鎮静化された事件だ。公安部による監視システム増強計画、それと一部捜査員が囲っていた非合法活動要員の存在が明るみに出かけ、数ヶ月が経っていた。

「逮捕された前任者からヤマデラが引き継いだのは、メーカーとの関係だけじゃなかった」

　母に手を引かれた女児に通り過ぎざまチノパンの臑《すね》部分を握られたササダは、謝ってくる母親には直接答えず、女児へ笑みを返す。

「他になにを」

「暗殺要員たちもだよ。蛇頭《じゃとう》や中国マフィア繫がりの連中。腕の立つ日本人も二、三人囲っているらしいが、詳細はつかめてない」

「俺は、そいつらに狙われている？」

「現に、狙われただろう」

橋の上で襲ってきたタダは、誰から命令を受けていたのか。あの時点でヤマデラが一酸化炭素中毒から覚醒し、連絡がとれていたとは思えない。

「タダはどうして……」

「わからん。金なのか、信条なのか、見当もつかない」

ササダが革鞄から取り出したＡ４判封筒を、リョウジは受け取った。

「自分の仕事くらいまともにこなせ。期日を過ぎて、面倒事が増えたんだぞ」

ササダの言うとおりかもしれなかった。現場判断で標的を生かした結果、自分の身が危険に晒《さら》された可能性がある。

「次は場所を変えてもらう。茨城だ。つくばの、研究学園都市。メーカーの軍需機器の研究所が、そこにある」

「なんで、そんな場所で？」

「ヤマデラを消すついでに、後ろにいる連中の行いを明るみに出す作戦だ。前任者が逮捕され、後任者は研究所の敷地内で死亡とあれば、誰も無視できなくなる」

東京以外の場所で殺すのは、メリットも多い。監察医の数が少ないぶん、検死が近くの病院で行われる可能性が東京より高い。普通の医者は監察医ほどの専門性はなく、殺しの痕跡を見落としてくれる確率が上がる。

「ヤマデラがそこに行く日をつかんでいるのか」

「わかり次第知らせる」

ササダが去って数分後、自分の番号を呼ばれたリョウジはアレルギー科の診察室へ入った。


受診後、会計窓口に伝票が入ったファイルを渡し、待合席へ目をやった時、リョウジは柱に寄りかかっている大柄な男に気づいた。茶色いサングラスに上下白ジャージーの男が、腕を組み顔を伏せている。リョウジはタムラ氏へ歩み寄った。

「こんにちは」

「ああ、先日の……誰かと思った」

「検査の結果は、どうでした？」

「予想通り。造影剤を入れてＭＲＩで検査したんだけど、また聴神経の周りに腫瘍ができてて、再発。先生からも、今度はガンマナイフじゃなくて頭骨を切開する手術がいいとすすめられて」

タムラ氏は自らの右耳の裏側下方を指さした。

「あと、私の場合、つるつるだからしばらく傷跡が目立つのが難点って言われたけど、野郎にとってはそんなのどうでもいいのに」

「見た目を気にする男性患者も多いんでしょうね」

「皆、外見ばっか気にしすぎだよ。どうせ一皮めくれば、白っぽい内臓と赤い血と黄色く変色した骨しかないのに」

その時、女の短い悲鳴が聞こえた。受付のほうへリョウジが振り返ると、黒いトレンチコートを着た男がなにかをしようとする構えを見せていた。刺客か——リョウジは数歩で相手の間合いへ飛び込み、右腕をつかむ。ほぼ同時に、自分の背後からなにかが飛んできた。黒コートの男の首に、大きな手がかかっている。タムラ氏だった。カウンターに突き飛ばされた男のトレンチコートがはだけており、性器が露出している。ただの露出魔だった。

それにしても、タムラ氏が見せた、図抜けた反射神経——。

リョウジとタムラ氏は互いに半歩ずつ間合いを取り、笑いもせず向きあった。ほうから男性職員や警備員が、露出魔へと駆け寄ってくる。

「お速かったですね。なにかやられてるんですか」

いつでも柱の裏へまわれる位置に立つタムラ氏に訊かれ、リョウジはうなずく。

「昔、近所の道場で合気道を」

「そうでしたか」

「そちらは？」

「まあ、なんというか、若い頃はヤンチャしてまして」

それだけではないはずだとリョウジは思う。命に関わる暴力の世界に身をさらしているか、つい最近までそんな生活を送っていた者の反応の速さだった。誰かに狙われることに心当たりがあるのだろう。今になって気づいたが、左手の小指の先が欠けていた。やがて、リョウジのほうが先に会計に呼ばれた。

「それでは、お先に」

「ええ、お元気で」

タムラ氏に軽く会釈したリョウジは、会計を済ませ病院を後にした。

昼食を摂っていなかったリョウジは自宅最寄り駅へ着くと、いつもの定食屋へ向かい歩く。スーパーの近くまで来た折、この頃は米粉を買うペースも遅くなっていたことに気づいた。初老女性の顔が思い浮かぶ。買い支えて、仕入れが途切れないようにしなければ。スーパーに入り、棚に一袋だけ置かれていた米粉を買い外へ出た。目と鼻にむず痒さを覚え、くしゃみも出て皮膚も痒くなった。

「いらっしゃいませ」

定食屋の引き戸を開け、おかみに挨拶されたリョウジが店内を見回すと、座敷席に先客が三名いた。二人の少女と一人の少年が、高い声で興奮気味に喋っていた。

「孫娘たち」

「あのほっそりとした子ですか」

「そう。よくわかったね」

重度の食物アレルギーをもつ者は、カルシウムの吸収を阻害されやすい。

「おかみさんの面影、ありますもの」

カウンターのいつもの席へ着いたリョウジへメニューを渡しがてら、厨房の大将へおかみが嬉しそうに言う。

「お父さん、私、レミに似てるってさ」

「逆だよ。レミがおまえに似たんだろう」

「でも、私がレミに似るってことも、あると思うんだけどねえ」

頼み慣れた刺身定食を選びかけ、リョウジはふと思いとどまった。満足のゆくおいしい食事にあと何度ありつけるかなど、誰にもわからない。タダによる襲撃があったからか、リョウジはそんなことを考えた。自分自身も、手にかけてきた標的たちから、食事の機会を、人生を奪ってきた。結局、あじフライ定食と刺身盛り合わせを頼んだ。

　おかみは孫娘たちの席へ料理を運び、話しこんでいる。

「ちょうど、孫娘も同じフライ定食を注文してきたところなんですよ」

　そう話す大将の顔からは、笑みが隠せていない。

「塾の友達同士で。今日はテストだけ受けて、早く帰されたとかで」

「そうですか」

　カウンターに刺身盛り合わせが置かれた。おいしい刺身を食しながら、リョウジは厨房で油が爆《は》ぜる音を聞く。大将の手元に白い粉の入ったバットが見えるが、リヨウジはアレルギー反応に襲われもしない。小麦粉を使用しない揚げ物料理の研究には苦労したと以前聞いており、孫娘一人のためにコスト度外視で生み出された調理方法の恩恵にあずかれるのは、運が良かった。

　刺身を食べ終える頃には数組の客が訪れ、やがておかみがあじフライ定食を持って来た。

「揚げ物にありつける機会なんて普段ないので、感動します」

「そうよね。給食で揚げ物が出た時も、あの子だけ別のものが出されるから」

「学校給食の管理は、難しそうですもんね」

食物アレルギー用の対策をとろうとすると、設備投資に六〇〇万、年間の人件費で五〇〇万が追加でかかると、以前にリョウジは聞かされていた。

あじフライを食べる。結合の強いグルテンに頼れないという難点が、プラスへ転じている。からっと揚げられていながら米粉独特の餅っぽさも両立できている食感からは、もはや代替食という意識も消え、記憶の中の小麦粉あじフライを超越していた。

食後、日本茶を飲みながら、リョウジは腹を落ち着かせていた。とうに食事を終えた子供たち三人は座敷席の端へ追いやられている。

また新たな客が入ってきて、カウンター席の中央、リョウジの二席隣に腰掛けた。半袖の黒いダウンジャケットに身を包む、色黒の若い短髪男だった。

日焼けした肌は、屋外行動によるものか——昔の自分と似た風体をした男は、数歳ほど下に見える。男はビールと刺身定食を注文した。おかみから差し出された瓶ビールを男はすぐ飲み始め、リョウジは警戒心を解いた。殺しを前にして、酒を飲む人間はいない。気が緩んだのか大きなくしゃみが一つ出て、ダウンジャケットの男から驚かれた。

帰り支度を始めたリョウジの耳に、おかみの声が届いた。

「どうしたの、レミ!?」

動揺しきった姿が見え、リョウジは座敷席へ駆け寄った。華奢な少女が仰向けになり、他の子たちは固まっている。

「い、き……」

少女の呼吸は浅く頻繁で、首筋には赤い斑点が浮いている。

アナフィラキシーショック――。

状況を悟ったリョウジは、目を真っ赤に充血させているレミちゃんへ、大声で話しかけた。

「エピペンは、持ってる？」

「ううん……家に帰って、置いて……」

レミちゃんの目は、リョウジの顔を捉えていない。黄色と黒が入り乱れる世界。

彼女が見ている光景がわかる。

カウンター席に置いたショルダーバッグから筒形プラスチックケースを取り出し

たリョウジは、レミちゃんのもとへ戻った。

「いつもエピペン、どれくらい打ってる？」

大人と子供の注射容量の違いもわからぬリョウジが大声で訊ねても、レミちゃんの反応はなかった。

「容量、どれくらいだか聞いていますか？」

動揺しきったおかみと大将は互いに顔を見合わせる。

「救急車呼んでください」

二人に指示しエピペンをケースから取り出した時、リョウジは大きなくしゃみをした。

この空間内に、アレルゲンが飛散している。

「チクッとするからね」

リョウジはレミちゃんのスカートをめくり、太股の前側へエピペンの針を刺し、薬を大人と同じ分量、注ぎ込んだ。

注射箇所を揉んだ後に呼吸と脈拍を確認したリョウジは、おかみにレミちゃんの呼吸が弱まった場合の人工呼吸の手順とペースを教え、立ち上がると連続でくしゃみをしながらティッシュペーパーを求め、店内を歩き回った。

自分はレミちゃんと、同じ揚げ物を食べた。しかしアレルギー反応は出なかった。

するとリョウジは、視界にもやがかった白い広がりを見つけた。

出入口近くのテーブル席や付近の床に白い粉が飛散しており、空調機器による空気の流れに乗るように、その跡は座敷やカウンターへ続いていた。

この席に座っていて、つい数分前に会計を済ませ出て行った、紺スーツの男――。

近づいてくる救急車のサイレンを聞きながら、リョウジはショルダーバッグを持ち外に出た。少し迷い、駅のほうへ走りだす。

標的は、自分だった。

自分が狙われたがために、少女が命を落としかけた。

敵は、標的が小麦アレルギーであることを知っていた。そんなことを知っているのは、元組織の人間……周到な変装を施したタダか、あるいはタダの息のかかった者か。しかし運動誘発性のアレルギーだとまでは知らず、アレルゲンの小麦粉を飛散させただけで、仕留めた気になった。

慢心した敵は電車で帰るだろう。それに万が一、通報を受けた警察に捕らえられるようなことがあっても、敵はただ小麦粉を撒《ま》いたに過ぎない。殺人未遂として立件するのも難しい。

駅へ到る道の途中で、それらしき男の後ろ姿を見つけた。それと同時に、リョウジの視界が大きく歪み、暗くなった。

敵は目視できる距離にいる。

気だけは急《せ》くものの、身体に感じる苦しみは、大きくなっている。

道の端に休息のつもりでいったん座ると、もう立てなかった。バッグの中にナイフと銃はあっても、予備のエピペンはない。救急車で搬送され、バッグの中を探られるわけにもいかない。つまりは、これ以上激しい運動をして、アナフィラキシーショックを誘発させるわけにには、いかないということだった。

リョウジの霞んだ視界の中、豆粒大だった敵の姿は、やがて消えた。

*

夜の常磐自動車道の下りで、他の車を追い越し続けている。後部座席左側に座るリョウジは、運転するササダへ声をかけた。

「飛ばし過ぎだよ……。運転、代わろうか」

「身体、休めてろ」

ササダが運転する車に乗るのは数年ぶり、数度目だった。

「スピード違反とか、Nシステムに引っかからないといいけど」

「Nには引っかからないナンバープレートだよ」

ササダは時速一三〇キロほどを維持したまま言う。

「ヤマデラの車もな」

軍需機器メーカーに関連する事件で捕まった警視庁公安部の刑事への捜査が行われた過程で、メーカーの研究施設へ行き来していた警察車両の、Nシステム通行記録が参照されていた。後任のヤマデラが、それへの対策を施すのも当然だ。

「情報は、どこから得てる？　確かなのか？」

「心配するな。向こうより、こちらの情報網のほうが上手だ」

「だったら、なんで尻尾を摑まれた」

「尻尾を摑まれたことにも、早い段階で気づけただろう」

「……俺たちの組織の大きさは、どれほどのものなんだ」

「俺にもわからんよ」

桜土浦インターチェンジで下道へおりると、常磐自動車道と交差する大通りを北西へ向かう。幅広の片側四車線道路は、午後八時過ぎでも交通量がわりとある。

並木に挟まれた真っ直ぐの道を行くうち、車通りは減っていった。研究学園都市の街並みは、東京の埋め立て地と少し似ている。橋の上で撃たれた記憶がリョウジの中で甦った。

自分をこの世界へ引き入れた人物から撃たれ、冬の川へ身を投じる羽目となった。時間が経つほど、あれはタダではない別の人物だったのではないかと、リョウジは自らの記憶を疑った。しかしながら、タダは未だ行方をくらましていると、ササダから話を聞いている。なにかの理由で裏切り、かつての後輩を狙った現実を、受け止めるほかない。

定食屋で小麦粉を散布した男の顔はろくに確認できておらず、変装したタダのようであったし、別人のようでもあった。

どちらにせよ、与えられたチャンスを仇《あだ》で返してきたヤマデラ・ツヨシの息の根を、今度こそ止めるしかない。

やがて、車の行き来のほとんどない暗い道に入った。

「ヤマデラはもうすぐ来るんだな」

「もう着いてる可能性もある」

メーカーが開発した新しい認証システムの立ち会い確認、配備に関しての会合が行われるとの情報を、手に入れていた。組織の誰かのハッキングによるものなのか、メーカーの内通者によるものなのか、リョウジにはわからない。

ササダとプランの確認をする。リョウジが降車後、ササダはつくば市街地へ戻り、三〇分経ってから合流地点に向かい待機する。その間にリョウジが敷地内で、誰にも見つからぬようヤマデラを仕留める。最終的に、合流地点でササダに車で拾ってもらい、県外へ脱出する。

研究所職員の中でも、今夜の集まりに顔を出すのは数人らしい。ヤマデラの希望なのか、午後八時から午前三時の間だけ防犯カメラの電源が切られることまで、把握している。

暗い夜空に大きな山の影が見えた。筑波山か。

「電話は緊急時だけにしろ。デジタル電波も、この一帯では傍受される」

車が減速し、ワンショルダーバッグを肩にかけたリョウジは、手動スライドドアを開けた。車から降りドアを閉めると、バンは夜の一本道を去って行った。

出入りの清掃業者の作業着に身を包んだリョウジは、改めて装備を確認する。絞殺用ギャロットにサプレッサー装着済みの銃、音を抑える亜鉛弾の装填された予備マガジン、ナイフ、携帯電話、単眼鏡、施設内の地図と周辺地図、エイドキット、エピペン。デジタル腕時計を見ると、二〇時四七分だ。すぐ近くの植えこみの途切れている箇所は、駐車場出入口だった。等間隔に並んだ低木の奥には、アスファルトの広い駐車場がある。どこからでも駐車場内へは侵入できた。

防犯カメラの電源は切られているはずだ。それでも極力、カメラの死角を進んだほうがいい。歩道から短い斜面を上り、木々の間に立つ。

広大な駐車場内に、リョウジは六台の車を発見した。すると、携帯電話にサザダからのメールが届いた。

〈西三台、南東一台〉

ここから死角の西駐車場に三台、南東駐車場に一台の車が置かれている。合計一〇台、警備員と施設保安員の乗ってきた車も含まれているのだとすれば、今夜の集まりは本当に少人数だ。

ササダからの情報によれば、ヤマデラはNシステムに検知されないナンバープレートを装着した車両に乗っている。公用車とは別の車なのかはわからない。

単眼鏡で見ると、軽自動車が一台に、ミニバンが二台、大型セダン一台、SUV一台、業務用トラック一台。西と南東の両駐車場はどちらもC棟からは遠いため、ヤマデラはこの駐車場へ停めた可能性が高い。

Ａ棟からＥ棟まで五棟ある建物のうち、Ａ、Ｂ、Ｃ、奥にあるＥ棟が視認できた。明かりのついた部屋がいくつかある。中腰で闇の中を走りながら、リョウジはくしゃみをしかけ、ひっこめた。冷気に吹かれたからだろうか。

あの日、呼吸困難に陥る直前で座り込み、しばらく経ってから歩いて定食屋へ戻ると、レミちゃんは救急車で搬送された後だった。リョウジが食事の料金を払おうとさし出した金を、大将もおかみも受け取ろうとしなかった。調理過程にミスがあったのではないかと自責の念に駆られていた二人に対し、リョウジは店内に散布されていた小麦粉のことを伝えた。二人はリョウジを孫娘の命の恩人扱いし、頑なに金を受け取らなかった。

今日の昼、店へ寄ったリョウジだったが、閉ざされた引き戸の前には「臨時休業」とだけ書かれた紙が貼ってあった。仕方なく駅前の八百屋で買ったバナナ三本を午後二時頃にたいらげて以降、なにも口にしていない。

事前に施設内地図を参照し、屋内への侵入経路候補を絞ってはいた。Ｂ棟とＣ棟を渡す三階連絡通路の下を通ったところで、足音が聞こえた。

リョウジは壁に寄りかかり、耳をすませる。しばらくすると、細身の人が現れた。コート着用で歩く猫背の中年女性は、研究者か。南東駐車場へ向かっているのかもしれない。

再び行動を開始したリョウジはC棟の裏側へたどり着き、侵入路を発見した。搬出入口のシャッターが開いている。今夜ここからなにかを搬出、もしくは搬入するのか。

車両用搬出入スペース横のスロープを進んだリョウジは、コンテナの横にしゃがみ、C棟の設計図で現在位置を確認した。予定では、C棟三階の一室で集まりが行われる。

階段を上り三階に着き、常夜灯を頼りに進んで行った先に、人の気配があった。複数人の話し声が聞こえる。五人程度の集まりだ。

全員まとめて殺すのではなく、そのうちの一人だけを殺すのは、難しい。堂々と姿を現し、標的だけ殺して去るのも賢明ではない。ここC棟から、研究施設の敷地から、研究学園都市から、県からと、何重もの階層を突破し脱出しなければならないからだ。

C棟内で行うチャンスがないと判断したリョウジは外へ出て、C棟とB棟の間の角にかがんだ。

待機し続けていると頭上、両側ガラス張りの連絡通路から、話し声がした。会合は終わったのか。二二時三一分だった。

さらに数分待ったところで、正面玄関近くの夜間通用口が開けられた。リョウジは角を曲がり、C棟裏に隠れた。距離にして二〇メートルほどのところから、話し声が聞こえる。少しずつ小さくなる声を追い、角から見ると、男が二人、北側駐車場のほうへ歩いていた。単眼鏡で二人の後ろ姿を捉える。

スーツを着用した二人のうち、右の人物の横顔が見えた。ヤマデラ・ツヨシだ。

二人はやがて離れ、一人は駐車場中央のセダンがあるほうへ、ヤマデラは駐車場内の東側へ歩いている。そちらの暗い空間には、SUVが一台だけ停められていた。

リョウジは音を立てぬよう走ったあとA棟の物陰にしゃがみ、ワンショルダーバッグから道具を出す。静かに、無駄な体液を出させずに遂行するには、絞殺がいい。ワイヤーの両端に握り棒がついた絞殺用ギャロットの張り具合を確かめ、植え込みと低木に沿った暗い場所を、SUVのほうへと移動した。

足音を忍ばせ、ヤマデラの斜め後ろから距離を詰める。SUVへあと数歩の距離にまでヤマデラが近づいた時、リョウジは前方へ走りだした。

突如、音がした。

SUV後部座席のドアを開け飛び出してきた黒い影が、真っ直ぐ向かってきた。

鋭い光を横へ避けた。刃物だ。

黒い影は身体の向きを変え、再び突進してきた。リョウジは目のあったヤマデラにタックルをかけ、その胴体を盾に黒い影のほうへ押し、腰のホルダーからナイフを取り出す。男が大振りしてきた包丁を避けたリョウジはナイフをパンチの要領で繰り出し、肉を小さく裂いた。

短い呻き声とともに包丁を持って突進してきた男を横にかわし、ジャブの動きで再び相手の腕を裂く。男が包丁を落とし、拾おうと屈んだところでリョウジは相手の顎を蹴り上げ、仰向けになると同時に腎臓へナイフを入れる。全身を丸めたがる男の頭を後ろから左腕で抱えこみ、ナイフを今度は首の左顎下に突き刺す。一息に右へ引いた際、気管と動脈を切断する感触はほとんどなかった。

「動いたら殺す」

五メートルほど離れた場所に立つヤマデラから、リョウジは銃を向けられていた。警察学校で射撃訓練を受けた程度の人間が命中させられる距離として、微妙な距離だ。走れば避《よ》けられる可能性は高いが、ヤマデラの腕がそれなりに確かな場合、身体のどこかに命中し動きを止められた後、とどめをさされる。

「家に来た奴だな」

「……」

「寝ている俺を、殺そうとした」

いつのまにどこから現れたのか、ＳＵＶから出てきたのとは別の黒い影が、ヤマデラの後ろから音もたてない早歩きで近づいてくる。あの影が、自分を殺すのかとリョウジは思った。

「こっちも、橋では殺されかけた」

「橋……なんのことだ？」

妙な間が生まれた。本当に、なんのことかわかっていないという顔だ。

「ひょっとしたら……おまえ、誰に命令されたのか、言ってみ……」

言いかけたヤマデラに、黒い影が背後から密着した。

影が身体を離すと、ヤマデラは崩れ落ちるように腹這いになった。続けざまに刃物で喉を真横に切り裂かれ、血がアスファルト上に滴る音までリョウジには聞こえた。断末魔の声さえない。

取り出した銃をかまえた時にようやく、相手の顔が見えた。

「撃つなよ！」

「……助かった」

ササダに礼を言いながらも、彼の見事なナイフのスロートスラッシュに、リョウジは驚きを隠せない。

草を踏む音に気づいたリョウジは反射的に振り返り、植えこみの近くに立つ男の胴体に、数発撃ちこんだ。ササダへ銃を向けていた男は、仰向けに倒れた。男の顔は、近くで確認しなくともわかった。タダだ。

「ナンブ」

ササダが指さすB棟付近に、懐中電灯の明かりが見えた。サプレッサーで減音させても、乾いた銃声は反響し注意をひいたか。リョウジはくしゃみをこらえ、落とした絞殺用ギャロットを拾い、銃と一緒にバッグへしまった。

「逃げるぞ」

低木の間を抜け駐車場から出たところで、リョウジの息が上がった。異変に気づいたらしいササダは足を止め、リョウジが追いつくと様子をうかがい、ワンショルダーバッグをかわりに持った。

「軽くなったろ、ほら、走れ」

しかし身体の重みは増すばかりだ。リョウジは田畑に囲まれた人気《ひとけ》のない道の隅で膝立ちになり、やがて四つん這いになった。呼吸が、ますます苦しくなってくる。

アナフィラキシーショック。

間違いない。アレルゲンに接触した後の運動で、誘発された。

「どうした」

症状に見当もついているはずのササダはリョウジを見下ろしたまま、エピペンの入ったバッグを渡そうとはしてこない。

「走れよ」

走れば死ぬ。エピペンを打たない限り、確実に。

「走れなくなったか」

敵は擬態するのだ。

「早く楽になれ」

ササダが粉状のなにかを顔にまぶしてきた。小麦か。

一瞬に、すべてをかける。

渾身の力で立ち上がりながらリョウジは、ホルダーから抜いたナイフをササダの腹へ突き刺す。アドレナリンで無痛状態なのか、右手首を掴もうとしてくるササダの生気は衰えておらず、リョウジは抜いたナイフを、今度は胸へ突き刺した。刃を肋骨と平行にしたため抵抗も少なく、するっと入った。

そのままササダを押し倒し、馬乗りになった。リョウジが胸からナイフを抜くと、ササダはただ見返し、やがて全身から力を抜いた。

暗闇の中、さらに見えなくなってくる視界の中で、リョウジはバッグを手探りした。

ここで死ぬわけにはいかない。気道を圧迫され薄れゆく意識の中でリョウジは、生きたいと切に願った。

やらなければならないことは、いくつか残っている。たとえば……スーパーで米粉を買い支えなければならないし、定食屋が再開されるよう尽力しなければならない。

バッグをなんとか手元に引き寄せ、革製手袋を外し、手先の感覚だけで筒形プラスチックケースを取り出す。安全キャップを外すと、作業着の上から右太股にエピペンの針を突き刺し、注射した。

リョウジはササダのそばで仰向けになり、少しでも多く息を吸おうとする。目の前に広がっているのが夜空なのか、ショック症状で暗転している視界なのか、区別がつかなかった。

接近してくる足音に気づいた。地面に肘をつき首だけ上げると、男がすぐそこまで近づいていた。

「ナンブ……おまえが？」

銃を向け言ってくるタダに対し、リョウジは小さく頷くことしかできなかった。

「小麦で、殺され、かけた」

「俺はおまえに殺されかけた」

防弾ベストを着ていたらしい。サプレッサーで弾の勢いが削がれていたのとあわさり、無事だったようだ。銃をホルスターにしまったタダは屈み、エピペン容器を手に持った。

「……おまえら二人の裏切りじゃなかったのか」

免疫反応が落ち着き酸素が行き渡るようになった頭で、リョウジの思考も一つの真実へと至っていた。

「俺は、ササダから任務を……ヤマデラを殺す、組織からの指令を」

タダが舌打ちしながら首を横に振った。

「ヤマデラをどうするかは、上もまだ審議中だったらしい。一時期、ササダが奴と組んで何か裏でやっていたとは聞かされてたけどな……」

リョウジはそれで悟る。仲違《なかたが》いでもしたか、邪魔になったヤマデラを消すため、ササダは組織の意向とは関係ない嘘の指令を与えてきたのだ。

「ひょっとして、池袋の中国人たち相手に俺がやったやつも……」

「あれ以来、おまえらは疑われ始めた」

勝手な行動を二人の謀議と解釈した組織が、始末のため、タダたち他の要員を送りこんだ。

「定食屋に来たのは」

「定食屋？　誰が行ったかは知らない。おまえに顔の割れてない誰かじゃないか」

タダはササダの身からいくつかの持ち物を回収すると、リョウジに肩を貸した。

「脱出するぞ。歩けるな？」

周囲に明かりが広がった。研究施設敷地内の水銀灯が灯されたのだ。駐車場の死体二つを、発見されたか。

「仕方ない、死ぬ気で走れ」

ふらつきながらなんとか走りだし、リョウジはタダに脱出方法を訊いた。

「来た時と違う車で脱出する予定だった。現地のピックアップ係で、こっちの仕事も、誰が乗るかも知らせてない。ナンブが俺の代わりに乗れ」

「……タダさんは？」

「乗るのは一人の約束だから。それに、別れて逃げるほうがいい。俺は自力で逃げられる。二三時きっかりに、所定の場所にいろ。なんでもない道の端に停車する車がある。それに乗って、どこへでも逃げろ。上への説明には時間もかかるし」

合流地点の座標と目印を教えてもらったリョウジは、腕時計を見る。二二時四四分だった。

未舗装の田んぼ道を歩いた末、アスファルトの一本道に出た。

集合時刻を二分過ぎている。

リョウジが辺りを見回していると、十数メートル離れた位置でセルとエンジンの音が鳴り、ライトが光った。

ゆっくり近づいてきた車は、白色の大型セダンだった。国産高級車のクラウンで、自分はタクシーでも拾ったのかとリョウジは思った。

窓越しに若い男の運転手から、後部座席を指さされた。リョウジは軽く会釈し、乗りこんだ。人を殺した後だからこそ、挨拶は欠かせない。

「どこまで運べばいいですか」

訊ねられたリョウジは、すぐには答えられなかった。

「とりあえず、ここから離れますよ」

車が発進したのに気づいたのは、風景が動きだしてからだった。それほどまでに、遮音された車内だ。

「常磐道……いや、西、埼玉のほうへ向かって。下道で」

「わかりました」

高速道路に乗ろうとして検問に引っかかるより、いくらでも抜け道のある一般道を通り、茨城県警の管轄外に出るほうがいい。若い男は、文句一つ言わない。彼にいくら支払われたのかリョウジは知らない。何人いるかわからない仲介者たちからマージンを取られても、満足のゆく額だったのだろう。

「埼玉の、どの辺りです？」

「埼玉経由で……いや、まだ考え中。眠くて考えがまとまらない。この車、静かだし」

「俺もそう思います。自分の車と比べるとなおさら」

車の持ち主は別人なのか。たしかに、若い男が国産高級セダンに乗っているのは、不自然かもしれなかった。

リョウジは柔らかいシートの上で眠気に襲われてきた。ノーマルであろう高級セダンは、犯罪臭さを微塵も感じさせないはずだ。意識的なノーマル保持という一種の擬態により、乗り手たちを周りに溶けこませる。

「音楽でも聴きます？」

リョウジが返事をするより前に、男はカーナビのパネルを操作していた。

「なんの曲が入っているかはわかりませんけど。夜は長いし」

ロードノイズもほとんど聞こえないほど静かな車内に、やがてシンセサイザーの音が流れだした。正確なリズムを刻むインストゥルメンタルは、窓の外に広がる暗い風景と融合する。時折路面のつなぎめを踏む際のショックや音楽の低音リズムが、己の心臓の脈動のように感じられた。

それにしても、腹が空いている。リョウジは、なにか食べたいと思った。

誰が為の昼食

窓の外を眺めるだけの、簡単なお仕事です。

助手席側窓から一時間近く、夜の青山通りを眺め続けている紀世美《きよみ》は、強く目を瞑《つむ》った。

建物出入口の像が網膜に焼きつき、視界中に浮かんだままだ。

「鳥目になった？」

運転席に座る青木《あおき》班長の言葉に、紀世美は答える。

「そうかもしれません。最近ろくなもの食べてないので、体調が優れないです」

「俺と石さんは平気なのに」

「青木さんは毎日、家庭料理食べてるからですよ」

「まあ、今晩は無理だろうけど」

紀世美たち二人の後ろ、スモーク貼りの窓に囲まれた後部座席から、契約カメラマン石本《いしもと》のあくびが聞こえる。紀世美が見ると、三〇〇ミリ大口径レンズ装着のカメラが、シートに置かれていた。

あくびも仕方ない。別の現場で朝から張り込み続けていたところ、鈴木《すずき》班からの応援要請を受け、一九時半頃にここへ来たのだ。

大手男性アイドル芸能事務所所属の男性アイドルと、老舗芸能事務所所属の女性アイドルが一緒に歩いていたとの目撃情報を得た編集部が、まず鈴木班とバイク部隊の渡部《わたべ》を現場へ向かわせ、次にこの青木班を向かわせた。

都内一等地で芸能ネタを追うには、周囲にとけ込めるよう女性二人と男性一人で構成される坂崎《さかざき》班のほうが適しているが、張り込み中の現場から動けないらしかった。ネタの情報漏洩を防ぐため、詳細は編集長にすら伝えられない。どんなネタか紀世美は知らないが、自分たちが日中に追っていた宗教団体ネタより大きなものであることを願う。あと数分長く張り込んでいたらおとずれたかもしれないチャンスを捨て、この現場へ来たのだから。

「腹減った。石さんはどう?」

「我慢できます」

「私が何か買ってきましょうか」

「いや、あっちの班に朝野《あさの》がいるだろう。あいつに頼もう」

青木班長は無線機を手に取り、二〇メートルほど前方の路肩に駐車されているバンへ向け、発信する。

「青木です。朝野に、飯の買い出しに行ってもらってください」

少しの無音のあと、ノイズが車内に伝わった。

――了解、行かせます。なにか希望はありますか？

妙に薄っぺらい若者ふうアクセントで喋る声の主は、三五歳の鈴木班長だ。

「戸部《とべ》さんは食事にも気をつけたい妙齢の女性なんで、それをふまえてベストなものを選んできてください」

――了解です。

バンから男が一人出てきた。朝野だ。彼は携帯電話を操作しだした。

「ネットで探してるよ、あいつ。自分の足で探せよ、足で」

青木班長が嘆く。紀世美もつい数年前までは朝野と似たようなもので、街に対する嗅覚や勘などまったくはたらかない人間だった。

高所得者層が集うこの一帯に、弁当屋やテークアウト可能なファストフード店はそうない。一人あたり五〇〇円前後の予算で何を買ってくるか、東大文学部を出たての新人朝野の腕の見せどころだ。

「朝野君この前、パキスタンスープカレー買ってきたらしいですよ」

石本が言うと、青木が笑った。

「車の中でそんな臭う汁物なんて、急発進したらどうするんだよ。まあ、配属後すぐケバブばっかり買ってきた戸部にも参ったけど」

「あの頃、ハマってたんですよ」

標的の二人が飲食店にでも入ってくれれば、紀世美にとっては好都合だ。カップルが入るような店内で張り込むため、男女ペアの片割れとして潜入し、会社の経費でそこそこ高い料理を食べられる。

しかし芸能人カップルが入ったのはビル内にある、一般非公開のＶＩＰクラブだった。入場するには掌紋認証をパスする必要がある。芸能人や文化人でもない限り、入れない。

紀世美は尿意をもよおしてきた。工事現場や公園のないこの近辺で、トイレだけ貸してくれる建物を見つけるのも苦労する。コンビニでは貸してもらえない。男連中のように死角を見つけ立ちションもできない。

早く、二人そろって出てこい。紀世美は強く念じた。

カップルネタは、一枚の写真中に二人一緒の姿がおさめられていなければ、意味がない。一人ずつの写真しか撮れなかった場合、撮られた当事者たちはいくらでも言い訳できてしまう。それらの写真の組み合わせだけで記事にしてしまう質の低い他誌もあるが、ツーショットが撮れなければ諦める方針は、入社五年、配属三年目の紀世美も頑なに守っている。

突然、視界が一変した。

今まで一時間も眺めていた景色の中に、知っている顔が一つ、現れた。

「小野《おの》君、出てきた」

紀世美の言葉に反応し、青木班長が無線で連絡をとる。後部座席の石本がカメラを構え、既に何枚か撮影していた。

男一人だけ――。

ボロボロのジーンズに皺だらけの白シャツを着用し、ウェリントン型サングラスにハット着用といういでたちは、表舞台に立つ者特有の雰囲気で目立つ。

紀世美が建物の出入口を注視していると、女も出てきた。用心しての時間差か。二〇歳の人気アイドルはヒールの高い靴にスカート、薄手のスプリングコートという、屋外ではほとんど歩かないことを前提にした格好だ。車移動なのだろう。

早くホテルか、どちらかの自宅にでも行け。ＶＩＰクラブから出てきただけでは、記事として弱い。掲載直前に入れる電話確認の際、双方の事務所から、なんとでも言い訳されてしまう。

道行く人々の何割かが芸能人二人へ、それとなく目を向ける。素人ではない誰かしらである、と雰囲気でわかるのだ。やがて男のほうが、ほとんど続けざまに二台やって来たタクシーに手を挙げた。

一台か、それとも二台か。無線交信が騒がしくなる間、男が二台目のタクシーも停めた。一台目に女を乗せ、別れのあいさつらしきそぶりも見せず、自らは二台目に乗りこむ。

このまま帰るとは思えない。同じ目的地へ向かうのに、わざわざ別のタクシーに乗ったのは、身に染み着いた習慣か。

男のほうの住所は割れていて、先回りもできる。だが最近引っ越した場合も考慮し、いつもどおりの追尾を行う。去年から急にメディアへの露出が増えてきた女の住所は、わからない。

分担が決まり鈴木班が女の乗ったタクシーを追い発進しかけた時、紀世美の目は建物の出入口にとまった。

「見てください、あの女の人！」

手を繋ぎ歩いているカップルの、女の顔に見覚えがあった。スーツを着た四〇歳前後の男が誰かはわからない。

「白瀬望美《しらせのぞみ》ですね。どうします、青木さん？」

石本が言い終わる前に無線機を手にした青木が、発進するタクシーを睨みながら喋る。

「白瀬望美が男と一緒にいる。渡部さん、悪いけど小野のタクシーを追いかけて！都タクシー、ナンバーは……」

予期しなかったスクープが、偶然飛び込んできた。石本は女優と謎の男のツーショット写真を撮り始めている。

三〇代前半の女優と男は警戒心が希薄なようで、別々のタクシーに乗るでもなく、路肩のコインパーキングに停めてあったシルバーのアウディへ近寄った。男のエスコートで女が助手席に乗り、次いで男が運転席に乗った。後部座席ではなく前列の助手席に女が乗せられたあたり、男は女の遣いなどではない。青木が車のエンジンをかける。

――渡部ですけど、小野の乗ったタクシーに追いつきました。

ヘルメットに装着されたBluetoothヘッドセットを通しての声が、無線機のスピーカーから聞こえる。

——鈴木班了解。こちらの進路は……。

発進したアウディから車一台を挟んだすぐ後ろにつき、青木班長が車を加速させる。

「あ」

路肩に袋を持った朝野が立っていて、それもすぐに視界から消えた。弁当の買い出しに行かせていたのだった。

「朝野、置き忘れましたね」

「そういえば」

青木は気にとめていないようだ。弁当の買い出し中に置いて行かれた経験は、紀世美にも二度あった。タクシーのつかまらない山梨県の過疎村に置き去りにされた時と比べれば、青山での置き去りなどマシだ。

ただ、弁当にありつく機会を失った。これからしばらく、夕飯をとれそうもない。

アウディの真後ろについたり、一台挟んだり、車線を行き来しながら、気づかれないよう追尾を続ける。これが車両二台態勢ならもっと巧妙にカムフラージュできるが、行き先が読めない標的を相手に一台で追尾している今、見失わないことが優先された。

真後ろにつき赤信号で停車した際、石本がフロントガラスへ向けてシャッターを切り続ける。その間にナンバーを確認した紀世美は、携帯電話から編集部共有のデータベースへアクセスする。今さっき記憶したばかりのナンバーを入力してみるが、該当者はなし。車両番号検索システムのデータは編集部内で共有され、車種と色、車両番号、乗り主の名前等が記録されている。該当なしということは、今まで一度も追尾の対象にはならなかった車だ。

「該当なしです」

「……誰なんだ、あの男」

アウディは外苑西通りに出ると、南下し始めた。

「白瀬望美は独身だけど……男のほうは違う。あれは妻帯者の顔だ」

妻子持ちの青木がそう言う。外苑西通りから西へ右折したアウディは、広尾の一方通行だらけの閑静なエリアへ入った。

やがてアウディが、マンションの前で停まった。ヴィンテージマンションで、規模も小さい。地下駐車場もないのだろう。正面玄関から少し離れた植え込みの横につけられたアウディのテールライトが、消えた。青木も車のヘッドライトを消しエンジンを切った。

「シャチュウで済ますのかな」

青木がつぶやいた。車中でチュー。女を家に送り届けるためだけなら、エンジンを切る必要などない。家に上がり込むなら、来客用駐車場か近くのコインパーキングにでも停めるはずだ。

石本のカメラからシャッター音が鳴る。露出や絞り等のチェックを兼ねた試し撮りだ。

「望遠で感度上げても、ここからだと車内は撮れないですね。外に出てくるのを待つか」

アウディが停車してから一分以上は経過している。

「通行人のフリして近撮しますか」

「どうやるの?」

青木が石本に訊く。

「ストロボを焚いて、堂々と撮る。それだと確実に撮れますが、チャンスは一度きりです」

失敗したらやり直しがきかない。

「赤外線CCDを持って、すれ違いざまに撮るのがベストかもしれません」

それにも短所があることを紀世美は知っている。光学ファインダーも液晶ビューもないため、カメラのレンズがちゃんと標的を捉える構図になっているかわからない。歩きながらの撮影は、失敗も多い。シャッターを切った瞬間に標的たちがどのような体勢でいるかによっても、写真の価値が変わる。

「じゃあ石さん……いや、中年男が近づいたら警戒されるか」

「私が、石本さんとカップルのフリして歩きます」

三〇〇ミリレンズ装着の一眼レフカメラを石本から渡された青木が、フロントガラス越しにアウディを狙う。アウディのバックミラー越しにCCD赤外線カメラをチェックする。石本はショルダーバッグに仕込んだCCD赤外線カメラをチェックする。

SUVのリアハッチから外に出た。

三〇メートルほど先に、アウディの尻が見える。

紀世美は石本の右横に立ち、腕をとり歩く。石本の右手にはショルダーバッグからのびたケーブルレリーズが握られているため、手は繋がない。

アウディから五メートルほどにまで近づくと、くっついている二人のシルエットがヘッドレスト越しに見えた。

それ以上は二人ともアウディへ視線を向けもせず、前方を見たり、互いの顔を見たりしながら道の真ん中よりやや左側を歩き、アウディの横を通り過ぎる際の一瞬だけ歩調を緩めた。

そのまますぐ先にある交差点を左に曲がり、一ブロックを一周しSUVの後ろにまわり込む。アウディのテールライトが灯っていた。再びリアハッチから車内に入る。

「石さん、撮れた？」

「データを取り出さないとわかりません」

「こっちは撮れたよ。玄関まで送る姿が」

青木が興奮した様子で言う。見せられたカメラの液晶ビューには、車外へ出て白瀬をマンションの玄関まで送り一人戻ってくる男の姿が、数十枚も写されていた。

青木が車を出す。その後標的は、来た道を戻るように外苑西通りを北上し、六本木通りを東へ右折した。やがて赤坂へさしかかったところで、大通りから外れたアウディは、ビルのようにも見える巨大なマンションの敷地内へ入っていった。

「おいおい」

青木がつぶやく。マンションは、衆議院議員専用の宿舎だった。

「あの人、国会議員か?」

＊

「おはようございます」

午前一〇時前に出社した紀世美があいさつしても、先に出社していた者たちからは覇気のないあいさつを返されるばかりだ。青木班長と坂崎班の三人、そして副編集長二人とは、ついさっき午前四時頃まで顔を合わせていた。約六時間のうちに、帰宅し、シャワーを浴び眠り、また出社した。昨日と今日の境がどこにあったのか、わからない。

ホワイトボードを確認する。各人が行き先や帰社時間を記入するそれに、鈴木班は三人まとめて「都内」とだけ記してあり、バイク部隊の二人と契約ライターの一人も同様だった。ホワイトボードにどこで誰を張っているかちゃんと書かれることのほうが少ない。バイク便、警備員、そして大手出版社内で利害関係の対立する他部署といった、どこから情報が漏洩するかわからないからだ。取材対象から対応策をとられたり、他メディアに出し抜かれたりすれば、売り上げの激減に繋がるなどの大打撃をこうむる。

毎週発刊の写真誌編集部は、最終校了日前日にして部員の半数ほどが外へ出ている。以前配属されていた文芸部署では考えられないことだ。

「紀世美」

デスクにつこうとしたところで坂崎綾子《あやこ》に声をかけられ、紀世美は顔を上げる。

「今日、都庁に出るのは岩井《いわい》さんだっけ？」

「いえ、宇梶《うかじ》さんです」

編集長岩井の姿も、次長宇梶の姿もここにはない。今週発売号に掲載されていた袋とじヘアヌードの件に関し、条令に抵触する可能性があるとして、部の代表者が出頭するよう都庁から勧告を受けていた。全国のコンビニでいくらでもヘアヌードの掲載された雑誌が買え、インターネット上では事実上ほぼ規制なしにどんなものでも見られるこの時代に、反権力の写真誌だけが弾圧を受けている。

「なんで岩井さんいないんだろう」

三八歳の坂崎班長がつぶやく。班長以下の部員は張り込み現場へ直行のため朝から出社しないことも多いが、編集長と次長、副編集長二人に関しては、司令塔として編集部内に居るのが普通だ。

「ネタ見せですか」

「そう。直に確認してもらいたくて」

副編集長も次長も飛び越えて編集長へ直に見せるとは、情報漏洩によほど気を遣うような大きなネタか。

「紀世美、眠そうだけど大丈夫?」

「眠いです……って、今朝同じ時間に帰った綾子さんの前で言うのも、甘いですよね」

「私はもう、身体が慣れてるから」

三八歳の独身先輩記者はタフそのものだ。職業病としての慢性的な膀胱炎をのぞいては、だが。

「電話確認、いつとるの?」

「もう電話しちゃいます。写真おさえてるから、どうせ妨害もできないでしょうし。一応、先方にはファックスも送ります」

デスクについた紀世美は、今朝までのうちに段組みといった誌面構成までほぼ完成させた記事を確認する。

女優と妻帯議員の車中キス。

赤外線ＣＣＤカメラは、唇を重ね合う二人の姿を、しっかりとおさめていた。

一昨日の夜の張り込み後、深夜に帰社した紀世美たち一行は、真っ先に国会議員全員の顔写真をネット上で見て回り、白瀬と一緒にいた男の顔を見つけた。

衆議院議員の向田芳樹《むこうだよしき》という若手議員で、八年前に年上の妻と結婚していた。初当選以来、汚職歴やゴシップはなく、品行方正で通ってきた向田と女優白瀬の二人が親密になった経緯は謎だ。その調査に昨日のほとんどを費やした紀世美だったが、なにもつかめていない。

しかし、調査を経ての文面記事など必要としないほどに、車中キスの写真には力があった。

一枚の写真が、すべてを語っている。

それが写真誌の強みであり、同時に、訴訟から自分たちを守る状況証拠という盾でもあった。

スクープ記事を出すにあたっての最終作業は、当事者たちへの直撃取材だ。十中八九、抗議がくるか無視されることはわかっていても、それだけは欠かせない。

まずは女優白瀬望美の所属事務所へ、事実関係を問う旨の書面をファックスで送り、同様の書面を向田の事務所へも送った。一〇分ほど経過してから、紀世美は白瀬の事務所へ電話をかける。

この仕事で最も緊張する瞬間だ。

電話に出た女性へ社名と誌名を告げているところで、先方の電話がスピーカーフォンに切り替えられたのが音の変化でわかる。応対する者も男性へ替わった。通話録音ボタンを押す。

――この写真、本当なの⁉

中年男性による少し滑舌の悪い喋り声は高圧的ながらも、本当に驚いてしまっているようだった。白瀬の事務所は、このことについて把握していなかったのか。

「本当です。一昨日の夜に、青山の……」

紀世美の説明を男は遮りもせず、こちらがつかんだ事実関係を把握しようとしている。寝耳に水という感じで、あらかじめ作ったような反証の言葉がなにも出てこない。

「こちらとしては白瀬望美さんで間違いないと認識しております」

――人違いじゃ……よく似た人じゃないの？

本当に動転している場合、人の口からは何かから引用したような紋切り型のセリフしか出てこないことを、紀世美はこの部署で学んだ。

「それでは、白瀬さんご本人に確認をとってください」

——え？

「その写真に写っている女性が白瀬望美さんであるかそうでないかは、白瀬望美さんがご存じのはずです」

——そんなこと言われてもだ……こんなくだらない記事の確認を、本人にしてもらう気にも、なれないよ。

「そうですか。しかしこちらとしては妻帯者と不倫関係にある女性が白瀬望美さんだと確信しております。この記事が掲載される号の校了日が明日なので、たいへんおそれいりますが、今日の午後五時までにご返答をお願いいたします。ご返答がない場合、このまま掲載させていただきます」

これで、この記事に関して双方が認識したことになる。反論の機会も与えたことにより、一方的な誹謗中傷記事を書かれたというような先方からの訴えは、通用しなくなった。事務所内の別タレントのバーター記事提示で揉み消しを頼んでくるでもなく、先方は半ばガチャ切りに近い形で電話を切った。

紀世美は続けざまに衆議院議員向田の事務所へも電話を入れた。

——向田芳樹事務所でございます。

男の、のっぺりとした声だった。

「さきほどファックスにて書面を送らせていただいた……」

紀世美が名乗っても相手は相づちもなしにほぼ無言でいる。気味の悪い反応だ。

のれんに腕押しという感も否めないまま、白瀬の事務所へ伝えたのと同じ内容を伝えた後、紀世美は相手の反応を待つ。

「……いかがでしょう?」

沈黙に耐えられず言ってしまったが、あくまでも主導権はこちらにあるのだと紀世美は思い直す。奇襲されるほうが不利だ。それにもかかわらず、通話相手の男は調子を一切崩さず、あたかも自分に主導権があるかのように平気で沈黙する。

「繰り返しになりますが、ご返答がある場合は、たいへんおそれいりますが、本日午後五時までにお願いいたします」

——そちらこそそれでいいのか。

紀世美は調子を崩された。

「え……どういうことでしょうか?」

訊き返してすぐ、電話は切られた。

「妨害、きたよ」

紀世美がトイレから戻ると、右隣のデスクにいる青木班長が受話器を置いた。

「小野のほうからですか」

「ああ」

女性アイドル嶋木《しまき》との、青山から嶋木自宅へ至ったデート。

別スクープに出くわし追尾から離れた青木班をおき、二台のタクシーを追い続けた鈴木班とバイク渡部は、スクープ写真を撮ることに成功していた。出払っている鈴木班の者たちにかわり、青木が各事務所へ掲載直前の電話取材を行っていた。

「絶対に載せるな、と言ってきてる」

小野の所属する男性アイドルグループ事務所の力は、絶大だ。

「ウチから出てる小説原作の映画に、小野が出てるんだって。まさか文芸第二からも文句がくるとは」

「え、身内から？」

「そうだよ」

紀世美は特に驚きもしなかった。アイドル雑誌やファッション雑誌を作る部署からこの手のスクープに対し妨害工作をされ、それに負けこちらが掲載の取りやめに応じざるを得ないこともよくあった。

「事務所側は、小野本人じゃなくて三つ年上の兄じゃないか、だと」

芸能事務所の常套句で、苦し紛れの抵抗だ。

「文芸第二は強く言ってきているんですか」

「うん。映像の原作にでもならないかぎり小説は売れないからな。今回はこっちが潰される可能性もある。岩井さんが上に呼び出されて、どう転ぶか、だな」

「小野のネタがボツになったとして、白瀬で一つ、村木の恐喝ネタで一つ……あと一つは欲しいですね」

毎号載せる記事のうち、売り物とよべる大きな記事が二本あれば、人々の関心を惹き手にとってもらうことができ、三本あれば買ってもらえる。

「坂崎班が大きなネタをつかんだっぽい……うちの班も頑張らなきゃ」

そう言う青木の口調に、特段焦りはない。正社員と契約雇用のライターやカメラマンを含め、一七人という少人数体制で雑誌を作っている現在は、四〇人ほどの大所帯だった昔と異なり、班同士でライバル視する雰囲気はなくなっているのだという。

正午過ぎ、ヘアヌードの件で都庁へ呼び出されていた宇梶次長が出社した。

「どうでした?」

「いつもと同じ、定型的な注意」

青木の問いに宇梶が、悪臭を嗅いだかのような顔をする。

「不自然ではない正しいヘアヌードなら良い、だってさ。正しいヘアヌード、って、なんだよなぁ」

「飯行ってきます」

契約ライターの田中《たなか》がそう言い、編集部をあとにした。最終校了日前日にも発揮されるマイペースさは田中の長所で、味のある文章を書く社会派記事専門ライターとして、かなりの自由が黙認されていた。

一二時二〇分。空腹を覚え始めた紀世美は、今日初めての食事で何を食べようか思案する。鮮やかな彩りの料理、たとえばサラダの盛り合わせでもいいし、真っ赤なキムチチゲでもいい。とにかく不健康な連日の生活を正してくれる料理を、身体が求めている。

外へ食べに行こうと席を立ちかけた時に部の電話が鳴り、紀世美が受話器を取る。

誌名を名乗っても、反応がなかった。

「もしもし」

――シモヤマイクエさん、か？

男が発した語が、部内に三人いる女性のうち契約カメラマンの下山郁恵をさしていることに、紀世美は遅れて気づいた。反射的に電話の録音ボタンを押す。

「いいえ」

――じゃあ、戸部紀世美さんか、その若い声だと。

二言目で自分の名までたどられたことに、警戒した。

「はい。失礼ですが、どちらさまでしょうか」

――最近はえらく物騒になったと言うじゃないですか、戸部紀世美さん。

「はい？」

勝手なペースで話を進行させる危なさは、たまにかかってくる電波系からのそれとも異なる。妄念に囚《とら》われ視野が狭い者ではなく、なんらかについての確信や自信を抱いている者特有のマイペースさだ。少なくとも、自分の名前が知られている。

紀世美はボールペンとメモをたぐり寄せた。

――こちらとしても、物騒な世間で、戸部さんのようなうら若き女性が損なわれてしまうのは、なんとしてでも避けたいのですが、なんといっても、世間は物騒ですからね。私どもといたしましても、戸部さんが損なわれてしまわないように重々気をつけるつもりですが、おうおうにして世の中では思ったとおりに事は運ばないものです。いくら気をつけていたって、時には悲劇的なことも起こってしまいます。しかし、最悪の結末を少しでも回避できるような行動がとれるなら、そうしておいたほうがいいんです。戸部紀世美さん、くれぐれも、正しい道をお進みください。そして、夜道にはお気をつけください。

通話はそこで切られた。

＊

原稿のレイアウト確認、行数計算もすべて済ませ、印刷所での出張校正も終えた紀世美は、午後五時過ぎに会社へ戻った。

「戸部ちゃん戻ったか、お疲れ」

二人いる副編集長のうちの一人、新垣《にいがき》から労いの言葉をかけられる。

「戸部ちゃん、明日休め」

「え……明日ですか」

「うん。そうしないと休みがまわらない。労務部も最近はうるさいし」

去年、コネで入社しコミックス部配属になった新卒一年目の女性社員が、激務なうえに就業規則で定められた休暇日数を消化できないという理由をかかげ、入社半年で退職した。その後、一連の訴えを受理した労働基準監督署に目をつけられてからというもの、管理職の者たちは敏感になっていた。

「えー……わかりました」

「なんの申請も出してなかったよな?」

「はい」

どうしても休みを取りたい日がある場合、事前に申請しておけばいい。旅行目的程度の希望であれば急な仕事で簡単にふいにされ、親戚に不幸があった時くらいしか確実に適用されもしないため、いつしか紀世美もめったなことでは申請しなくなっていた。

校了直後は、編集部内の空気もいつもと変わる。一週間のうちでわずかな、気を抜ける時間だった。紀世美は残る部員にあいさつし、エレベーターホールへ向かった。今朝、出社前にコンビニで買ったサンドウィッチを口にして以来何も食べておらず、どこかでゆっくりまともな食事にありつこうと決めていた。社屋の外に出ると、午後六時過ぎという時間帯からか人通りも多い。この辺りか自宅近くで飲むか迷った紀世美は、携帯電話を取り出した。

証券会社に勤める彼氏に通話しかけ、待ち受け画面へ戻す。どうせ激務の彼がこの時間帯に抜け出ることなどできないし、仮に抜けられたとしても、落ち合うまで一人で時間を潰すのが煩わしかった。

紀世美は自宅最寄り駅の中目黒まで向かう。渋谷や代官山から近く、家賃相場も高い場所に部屋を借りているのは、仕事のためでもあった。有名人たちを見かける機会が増える。同じような理由で、青木班長は世田谷区に一軒家を買った。あちらが大物有名人担当で、こちらは若手から中堅までの有名人担当。

紀世美はトルコ料理の店へ行くことにした。お笑い芸人や俳優の間で最近流行《はや》っていると聞いている。

毎週迫る締め切りとネタ出しのプレッシャーから逃れるには、プライベートでもネタを探すしかない。

奥のカウンター席へ通された。酒と料理が出てくるまでの間、紀世美はエルメスのバーキンから携帯電話を取り出し、店内を見回す。そのうち、ビールが運ばれてきた。

二時間近くいた店から出る際、紀世美はわずかに平衡感覚の狂いを感じた。疲弊した身体にアルコールが効いている。満腹中枢が馬鹿になっているのか、口直しのものが食べたくなった。家まで向かう道すがら、コンビニへ寄る。入ってすぐ、雑誌コーナーの前に立つ。今日発売の競合他誌をまだチェックしていなかった。女性週刊誌を手にした時には、食欲も消えていた。

ほぼ憶測や噂だけの活字記事で構成される週刊誌のわずかなカラーグラビアページに、元野球選手と女性タレント夫婦の仲良しツーショット写真が掲載されていた。様々なメディア上で不仲説がもちあがっていた矢先の、イベント会場で撮られた唐突なツーショット。よけいに怪しい。紀世美は夫婦間の危機的状況を確信した。女性タレント側の所属事務所主導による戦略だろう。カリスマ主婦タレントという肩書きでバラエティー番組に出ている女が離婚などすれば、説得力と人気もなくなる。元野球選手の夫が自宅の他に仕事部屋を借りている事実を、紀世美たちはすでにつかんでいた。仕事部屋を借りるか、正月旅行で南の島へ別日入りするようになると、その夫婦は離婚寸前か、実質的に離婚していながらも、仕事として籍を入れたままにしているといえた。

他の活字記事ではとくに興味をひかれるものもない。写真なしの憶測や噂記事にはどうでもいいものしかなく、証拠写真をベースに記事を書いている紀世美からすれば、どれも素人仕事だ。他にも数誌をチェックした後、冷蔵棚へ足を向けた際、視界中に知っている顔を見つけた。

キャップをかぶった女性アイドルが、ジャージーを着た背の高い男に寄り添い、酒を物色している。

人一倍警戒心の強い人種相手に気づかれないよう、紀世美は足を止めることなくお菓子コーナーとカップ麺コーナーの間の列にまわり込み、冷蔵棚の前に立つ二人を盗み見た。黒いニットキャップをかぶった男の着ている黒いジャージーは、海外高級ブランドだ。ラフな服装でも、格好つけたがる自意識を隠せていない。俳優かなにかだろう。紀世美は男の持つカゴを一瞥する。中には弁当が二つとつまみの袋が一つあった。どこかの店でおいしいものを食べるより、女性アイドルと一緒にコンビニ弁当を自宅で人目気にせず食べたいのか。紀世美はガムを買い再び本棚の前に立ち、カップルが外に出るのを待った。

店を出た二人が窓をはさみ目の前を通った時、紀世美には男が誰かわかった。三〇代半ばの、バラエティー番組等には出ない俳優だ。

あとをつけると、行き交う人々の誰も、二人の正体に気づいていない様子だ。紀世美は歩きつつ、バーキンからミラーレス一眼カメラを取り出す。暗い店内でも撮れるよう、標準キットレンズから明るい単焦点レンズへ交換済みで、撮影モードダイヤルも絞り優先に固定させたままだ。絞りを開放するとシャッタースピードは速くなるため、標的からバレにくくなる。しかしそのぶん、ピントの合った対象以外はボケて写るため、ピント合わせだけはシビアに行う必要がある。都心の夜は明るく、車内にでも逃げ込まれない限り、赤外線CCDカメラを使う必要もない。立ち止まり数枚撮り、写りを確認する。ちゃんと撮れているが、二人の後ろ姿の写真だけでは、記事として使えない。

車両なしの今、どうやって顔をおさえるかという課題にぶちあたっている。素人から携帯電話を向けられただけでいち早く防御反応に出る芸能人たちは皆、雑踏の中でレンズを見つける能力に長けている。ミラーレス一眼のレンズともなれば、よけいにバレやすい。

こういう時、女であることは弱みにも強みにもなる。健脚の男性記者のように正面から堂々と連写し逃げるヒットアンドアウェーの手法が使えないかわりに、発見され疑われた場合でも、ミーハー心でやった素人だと見逃してもらえたりもする。

カップルが歩道橋の階段を上り姿が見えなくなってから、紀世美も後に続く。足早に上るせいで、息が少し荒くなり、階段を上った先に見えた光景を理解するのに、時間を要した。

俳優が歩道橋に立ち、紀世美を向いている。連れていた女は一人で歩道橋の反対側の階段を下り始めていた。

待ち伏せをくらった。しらばくれるには、カメラを隠すのも遅かった。

「こんばんは」

「……こんばんは」

思わず挨拶を返してしまう。

「どこ？」

「え……」

「どこの雑誌？　○×■○？　△●■△？」

苦し紛れに笑う紀世美に、俳優も嘲るような笑みを返した。

「もうわかってんだからさ。どうせあとで確認の電話を事務所に入れてくるんでしょ？　こっちも、相手がどこか把握しておかなきゃならないんだよね。名刺、あるでしょ？　ちょうだい」

紀世美は言われたとおり、名刺を渡しながら名乗った。

「戸部紀世美さん、ね。戸部さんさ、なんでこんな仕事やってるの？」

「……巨悪を眠らせたくないからです」

「俺が巨悪なの？」

「違います。権力をかさにきて好き勝手やっている巨悪を報じるだけでは、雑誌が売れないんです。恐ろしすぎる真実には、人々も目をつぶってしまいます。だから、それらへも目を向けてもらうための、好奇心を刺激する華やかな記事が必要なんです」

「じゃあ俺らへのプライバシー侵害が、社会を良くするために役立ってる、って言いたいの？」

「はい」

「君、言ってること滅茶苦茶だけど、面白い人だね。話せばわかるだろうからさ、今度飲みに行こう」

「え？」

「こそこそつけ回されるのも困るんだけどさ、君には理念がある。まだ腐ってない。かわいくてお若いんだし、今度また別の日にみっちり語り合おう。今日は無理だけど」

俳優は紀世美に手を振り、ゆるい駆け足で歩道橋の向こうへ去って行った。

翌朝、目覚めた紀世美は携帯電話をさわる。前日に突然休みを言い渡されても、平日に働いている友人たちと会う都合はなかなかつかない。証券会社に勤める多忙な彼氏は、なおさらだ。かといって、結婚し専業主婦をやっているような友人たちとは年々、話があわなくなってきている。身支度を整えヨーグルトだけ食べ、外に出た。

昨夜途中まで足を運んだ歩道橋へたどり着いたのは、午前九時三二分だった。この先に、俳優の住まいがあるはずだ。紀世美は歩道橋を渡る。

自宅から駅をはさんで反対側、あまり足を運んでいないエリアに来た紀世美は、ショルダーバッグから小判の首都圏詳細地図帳を取りだした。携帯電話に地図やカメラといった機能がついていても、直感的に広域を俯瞰で捉えられる紙の地図に、明るいレンズのミラーレス一眼カメラ、ボタン一押しで録音可能なICレコーダーは携行している。

一丁目一番地から順に歩くローラー作戦を始めた。どんなに時代が進んでも、効率の悪い仕事の必要性はなくならない。必ず誰かがそれをやるのだということを、紀世美は今の部署に配属され知った。

一丁目を探し何の収穫も得られず、二丁目も一番地から潰してゆく。どのテレビ局からも近い街だが、日中に有名人たちを見る機会はあまりない。それだったら夜に探索したほうがいいとなってしまうが、そうやって理由づけして効率ばかりを求めていけば、なにもできなくなる。

その時、住宅街の道を白いアルファードが徐行速度で通り過ぎ、角を左に曲がった。広さやアイポイントの高さ、乗り心地がいいラグジュアリーミニバンは最近、高級セダンにとってかわり、要人送迎用の公用車や芸能事務所の送迎車としてよく使われている。

紀世美は走った。事務所の経費削減で車送迎が減っているこの時代に、車を出してもらえるクラスの芸能人ということだ。角を左に曲がると、中規模マンションの正面玄関前に停まっているアルファードが見えた。後輪側のサスペンションは沈みこんでおらず、つまりまだ後部座席に誰も乗っていない。ナンバープレートを視認し、携帯電話のデータベースで調べてみる。該当はない。更新漏れがないかと、念のため編集部へ電話をかける。電話に出たのは朝野だった。

「車番の照会頼みたいんだけど」

紀世美がナンバープレートの番号を口頭で伝えると、数秒後に返答があった。

――それ、●×■※の事務所車です。白のアルファードで、前にツシマ・カナエなんかが乗っていたという情報があります。

その津島香奈恵はたしか去年結婚後、夫の起ち上げた事務所へ移籍している。

――戸部さん、仕事してるんですか？

「朝野、事務所に所属してるタレントの名前、挙げていって」

――たくさんいますけど。

「中目黒に住んでいそうな人に絞って」

マンションの正面玄関から女が出てきたのと、朝野がその女性アイドルの名を口にしたのはほぼ同時だった。

昨夜、俳優と一緒にいたアイドルだ。

アイドルが乗るとアルファードは発進した。辺りに、あの俳優の気配はない。このマンションがアイドルの住まいで俳優のほうが客人だったのか、俳優の住むマンションにアイドルの事務所からわざわざ迎えが来たのか。あるいは二人とも、この近所に住んでいるのか。

マンション正面玄関へ紀世美が近づくと、身なりが綺麗でいて人のよさそうなおばさんがコーギーを抱え出てきた。

「おはようございます。かわいいワンちゃんですね」

おばさんはコーギーとのあれこれを、色々話してくれた。

「そんな散歩コースもあるんですね。実はこの辺に住もうかと考えているんですが、たとえばこちらのマンションなんか、住み心地はいかがですか?」

「とてもいいわよ。芸能人の方とかも、住んでいたりするくらいだから」

「そうなんですか……たとえば、誰とかです?」

マンション内部に情報提供者を作る作戦は、その後数分で実を結んだ。次に訪れる時は、菓子折りでも持参すればいい。紀世美はもっと探索を続けようと、近くの恵比寿方面へ足を向けた。

*

坂崎班が、急襲された。

都内で張り込みをしていた青木班から紀世美が抜け、電車とタクシーで茨城県筑波研究学園都市の病院へたどり着いたのは、午後三時近くだった。六人部屋の中央左のベッドに、岡《おか》記者の姿があった。全身いたるところに打撲を受け左腕を骨折した岡は眠っており、その隣、出入口近くのベッドでは坂崎班長がリクライニングを起こし座っていた。

「紀世美……来てくれたの」

襲われたショックや鎮痛剤の影響か、坂崎が紀世美に気づくのも遅かった。岡よりもだいぶ軽度の打撲らしいが、両腕も湿布だらけだ。

「張り込みしてたら、突然知らされて」

「抜けて大丈夫だったの？　私は骨折もしていないんだけど」

「あ、紀世美ちゃん」

一人だけ無傷だった契約カメラマンの下山郁恵が、五〇〇ミリリットルのペットボトルを手にして現れた。下山から中国茶を手渡された坂崎は、一口飲む。

「ありがとう」

「なんでも言ってください。休みも返上して、言うこと聞きます」

バツイチ三一歳の契約カメラマン下山が言う。気づけば、女性部員三人全員がそろっていた。

「詳しく聞かされてないんですけど……誰に襲われたんですか？」

紀世美の問いに、下山と坂崎が目を合わす。

「撮影ポイントを探しに、私だけ車の外に出ていた間に起こって……」

「誰に襲われたかは、わからない」

坂崎が言う。

「黒ずくめだったり、作業着だったり、バラバラの格好の男たちが車の窓を割って私たちを外に引っ張り出して……岡ちゃんはあんなにまで痛めつけられた。一言も発さなかったから、国籍もわからずよ。ずっと顔を伏せてたから車種もナンバーも確認できなかった」

「手掛かりは、私が見た、猛スピードで走り去ったバンだけ」

そう口にした下山は、眠る岡へ目を向けた。

「なにを、追っていたんですか？」

「日本ネクソスの事件、知ってるよね。つくばで何人か殺された事件」

声をひそめて言う坂崎に対し、紀世美は少し遅れてうなずく。数ヶ月前、敷地の内外で一夜にして惨殺遺体が数体発見された事件だ。郊外にある精密機器メーカーと複数の惨殺遺体というミスマッチが、印象に残っている。あまりにも死の匂いが強く謎の多い犯罪は、スクープの優先度としては低くなる。巨悪を叩くという読者との共関係を築きにくく、ただただ恐怖心をあおるだけで、敬遠されるからだ。

「記者クラブではろくな情報が流されなかったから、すぐに鎮火されちゃった、あの事件」

記者クラブで警察から提供される情報は、政府にとり都合の良い情報ばかりのため、反権力をうたうジャーナリズム媒体は、蚊帳の外に置かれる。

「ある筋からの情報が流れてきて。敷地内で見つかった遺体のうち一体が、中国人犯罪グループの一人だったらしいの。それで、先月から調べだして」

ここ最近、坂崎班が編集長以外には詳細一切不明の動きを見せていたのはそれか。

「殺された中国人は、同じ現場で殺害された人物の手先だったとわかって」

「その人物って?」

「警視庁組対の、ヤマデラという刑事」

「刑事?」

刑事が殺されていたなどという情報は、記者クラブ発表どころか、どのメディアからも報じられていなかったはずだ。

「隠蔽されてたの。その数ヶ月前に、多摩川近くの倉庫で起こった銃撃戦がらみで、公安捜査員も逮捕されてるんだけど、覚えてる？」

「はい、なんとなく……」

「殺された組対のヤマデラも昔は公安部所属で、二人には繋がりがあったの。奇妙な共通点もあって、カワモトという公安捜査員は何度も日本ネクソスに出入りしていて、後輩だったヤマデラはその敷地内で殺された」

つまりどちらも、日本ネクソスがらみの事件ということか。

「それらの繋がりがなんなのか探っていて、今日はネクソスの敷地外から遠撮で情報を得ようとしてたの。そしたら」

襲撃に遭った。手を引け、という警告だろう。

「調査は続けるんですか？」

「続ける場合、他の班の協力もあおぐことになる。紀世美は、どう？　正直な意見として」

一呼吸おいたあと、紀世美は口を開いた。

「やらせてください」

返事を聞いた坂崎はカバンから取り出したキーホルダーの輪にかけられた小型USBメモリーを外し、紀世美へ渡した。

「今朝更新したばかりのバックアップデータが入ってる。詳しいことは郁恵から聞いて」

＊

紀世美が中目黒でモノにした記事について、発刊直前の電話取材後、女性アイドル側の事務所から急な呼び出しを受けていた。写真におさめられた事実内容以外のことはほとんど記事にしておらず、なんの非もないため通常なら呼び出しに応じる必要もない。しかしながらアイドルの事務所とつきあいのある社内他部署からの要請があり、紀世美はライターの飯田《いいだ》と六本木の事務所へ出向いていた。

「すみません、ちょっとお手洗いをお借りします」

先方による、苛立《いらだ》ちだけは伝わるが記事取り消しに繋がるような交換条件はなにも提示されない空虚な時間は、あらかた終わった。

編集部の誰かが芸能事務所等に出入りする度、その建物の構造や配置がどうなっているか、情報更新することになっている。紀世美はここの会議室と女性用トイレの位置関係を把握しており、その間に各マネージャーたちのオフィスを通ることを知っていた。
トイレから出た紀世美は誰の目もないことを確認し、壁のスケジュール表へ目をやる。今回の記事の当の女性アイドルの名前が記されていて、今日の日付の箇所に、終わったばかりのドラマの打ち上げ会が開かれる場所と時間が、マジックで書かれていた。

校了作業にかかりきりだった紀世美は途中で抜け出し、家に戻りパーティー用の服に着替えた。丸の内のホテルまで足を運び、ドラマ打ち上げが行われる会場をロビーでチェックし、三階へ向かう。

開き扉の前では入場チェックの受付が三列できていたが、胸章もつけていない初老男性三人組が我が者顔で出入口を素通りするのをみはからい、彼らの関係者を装い紀世美は真後ろにつき歩く。会場への潜入を果たした。

あちこちに写真を撮っている人たちがいて、カメラを出すことに気を遣わなくて済む。紀世美はパーティー用バッグから取り出したミラーレス一眼カメラの撮影設定を、光量の少ない屋内でも綺麗に撮れるよう設定した。準備完了だ。ケーキの載った皿を左手に持ちながら、会場を歩く。

仲が悪いと噂の女優同士は、会場の端と端にそれぞれ立っている。離れて立つ二人を一枚の写真におさめるのは難しく、たとえおさめられたとしても、彼女たちを豆粒ほどの大きさでしか写せなければ、仲が悪いという雰囲気も伝えられない。

紀世美はタルトを食べ終えワインのグラスを手にし、次のターゲットを探す。ドラマに主要登場人物の一人として出演した女性アイドルは、紀世美が昼に会ったマネージャーと一緒にスーツ姿の男にあいさつしていた。面白い写真にはならない。さっさと次をあたり、俳優としてもよく起用されるお笑い芸人が赤いスカートのコンパニオンをナンパしている様を撮影した。料理や会場の写真を撮るフリをしては、様々な被写体へ向けシャッターを切った。

やがて、氷でできた白鳥の彫像の向こうから、視線を感じた。

スーツ姿の体格の良い男から、顔を見られている。男は傍らにいた別の男へなにか言い、一〇メートルほど離れたところにいる紀世美を指さした。

芸能系のイベント運営会社の連中だ。紀世美は出入口へ早歩きで向かう。数年前に潰れた老舗から派生した各社の従業員は、生き残りのため昔より凶暴化し、荒くれ者も少なくない。他の現場で紀世美は何度か目をつけられ、面が割れていた。

後ろを振り向くと、ロの字形に囲われた料理テーブルを挟んで反対側から、男たち数名が紀世美のもとへ小走りで向かって来ていた。開き扉の外に出た紀世美は、閉まりかけた上階行きのエレベーターに乗った。女性用トイレや下階へ逃げるといった予測の裏をかかなければすぐ捕まり、カメラの画像データを全消去するまで帰してもらえない。

ドラマ打ち上げ会場の二階上のフロアで降りた紀世美は、階段で一階下り、二つあるパーティー会場のうち、受付の雰囲気も緩いNPO法人のパーティーに紛れ込み、時間を潰した。

二〇分近く経ったところで抜け出し、地下駐車場へ向かった。何度も訪れたホテルの地下駐車場内を徒歩で移動するのは初めてで、案内図を見る。車両出入口までは距離があった。こんな場所を一人で歩いている着飾った女も珍しいだろうと紀世美は思う。激務の彼氏とは、たまに会っても食事のあとどちらかの家でセックスをして寝るくらいで、フォーマルな雰囲気の場に出かける機会など全然ない。やがて、近づいてくる足音に気付いた。

話し声は一切聞こえない。反響する複数人の足音だけが、紀世美のほうへ近づいていた。

打ち上げ会場からの追っ手か？　見えてきた地上へのスロープ目指し、歩調を速める。しかし血の気の多いイベント運営会社の連中だとしたら、全力疾走でとっくに追いつかれているはずだ。

では、尾《つ》けてきているのは、誰なのか？

妻子持ち議員と女優の不倫スキャンダル記事の校了前にかかってきた、遠回しな脅迫電話。それとも、坂崎班を襲撃した男たちか。

紀世美が走りだすと、足音もついてきた。

一度も後ろを振り返ることなく、全力疾走で車両用スロープを上る。出た先のロータリーに停められていたタクシーに乗り、会社の場所を告げながら紀世美はできるだけ頭を低くした。

発進したタクシーの窓からスロープを見ると、知らない顔の男たち三人が辺りを見回していて、そのうちの長髪の男と目が合った。

反射的に頭を下げ、紀世美はしばらくそのままの体勢でいた。

＊

電話応対を済ませたばかりの朝野は、顔色を失っていた。

「僕、逮捕されちゃうんですかね？」

朝野が検察から出頭要請を受けたのは、今回が初めてとなる。紀世美は、自分が初めて出頭要請を受けた日の恐怖感を思い出した。

「心配すんな。みんな経験してるんだから」

一年中真っ黒に日焼けしている鈴木班長が、朝野の肩を叩く。

「やっと童貞を捨てた、くらいに思えって。もし負けて前科がついても、名誉の勲章だ」

「業界ではそうでも、実家の近所では誰もそんなの理解してくれないですよ。長男が犯罪者になっただなんて……死刑囚に負けて、僕まで前科者になりたくないですよ」

朝野は自身が担当して書いた記事について、名誉毀損罪で訴えられた。

編集部全体で、短期間のうちに不自然なほど多くの訴訟を起こされていた。数年前に最高裁の判決でも死刑の確定しているカルト教団元教祖を、獄中で焚きつけた誰かがいる。

「今月だけで、刑事告訴四件、民事提訴が五件か」

宇梶次長がうんざりしたようにつぶやいた。獄中の死刑囚、伝統国技の協会、芸能人、そして政治家からいきなり刑事告訴され、その他著名人五名からも民事提訴されている。

そのうちの二件を、紀世美が抱えていた。中目黒に住んでいる女性アイドルからの民事提訴。そして、女優白瀬望美との密会現場を押さえた妻子持ち議員向田芳樹から、名誉毀損罪での刑事告訴。

「責められるにしても、昔はまだマシだった。内容証明郵便で抗議文、警告文、段り込みっていう段階があったから。それでも埒があかなければ民事、っていう流れだったのに。今は予告もなしにいきなり刑事告訴だよ」

岩井編集長が嘆く。

「刑事告訴は白か黒か、必ず決着をつけなきゃならない。民事ならまだ原告と被告間の利害の争いだから、裁判所は仲介役もやってくれるけど」

紀世美は、初めての刑事告訴での検察取調室での不快さと恐怖を思い出す。約三〇年来、権力から目の敵とされてきた写真週刊誌の記者への理不尽な取り調べは、二〇代半ばの女の心を切り裂いた。

「記事には嘘なんて書いてないです」

「わかってるよ。ただ、冤罪の証拠がないとおまえは懲役や罰金刑に処せられるから、対抗策を練っておかないと。やった証拠を向こうが見つけるんじゃなく、やってない証明をこっちで出さなきゃならないなんて、日本の司法はおかしいから」

「弁護士は……」

「もちろんつけるよ」

編集長は朝野にそう言い、フロアから出て行った。

「弁護士の世話になれば、勝てるよ」

紀世美が言っても、朝野は浮かない顔のままだ。

「訴えてきた相手だって、仕事にあぶれた弁護士にそそのかされただけだろうし。あっちは負けても損しないけど、もしこっちに勝つことができたら、賠償金もとれる。訴えた者勝ちの気軽さでやってきてるだけだから。よほど踏み外したことしてない限り、朝野は勝てるよ」

そうアドバイスする紀世美だったが、何人も殺した死刑囚を相手にする朝野は、数年におよぶ長期戦を強いられる可能性があるとも思う。一審判決で無罪を勝ち取り終わった二年前の自分のケースと違い、死刑囚が弁護士やその他バックにいる連中から控訴を焚きつけられ、長期化するかもしれない。

「この期におよんで連続で……誰かが、動いてるんですかね」

「誰を怒らせたか、だな」

紀世美の問いに青木班長が答えた。弁護士を動かし、芸能人や伝統国技の協会、政治家や死刑囚を焚きつけるほどの強い怒りを抱いているのは、どこの誰なのか。

「検察、ですか」

「可能性は高い」

検察をこれほどまでに怒らせた理由は、なんだ？

「検察から俺たちが目をつけられているのは前提として、他にも、手を組んだ誰かがいるのかもしれない」

正午過ぎ、鈴木班が出払った後の編集部に、左腕の骨折や全身打撲などの重傷を負っていた岡が出社した。

「岡さん！　まだ治ってないんじゃ……」

襲撃時に居合わせず無傷で済んだカメラマン下山が、口にする。

「朝野くんの件、班長から聞かされて。またひとつ、裁判対策に労力とられるんだから、人手がいるでしょう。張り込みは無理だけど、部内でできることはする」

紀世美はその申し出をありがたいと思った。敵の狙いが、こちらを機能させなくすることにある以上、これ以上機能不全に陥れば、本当に潰されてしまう。

「警察はまだ犯人捕まえてくれないんですかね。私の目撃証言と周辺の防犯カメラの映像を使えば、車の行先なんてすぐたどれそうなのに」

下山の言うとおりだ。つまり警察にも圧力がかけられている可能性がある。職場復帰したばかりの岡が口を開いた。

「襲ってきた連中は使い捨ての駒だろうな。それを操ってる連中の正体を、こっちが自力で暴くしかないよ」

*

東京地検からの〝任意〟の出頭要請に朝から応じていた紀世美は、昼休憩をはさみ、午後も取り調べを受けた。

「要は、向田議員に対する悪意を抱きながら、偏執的にストーカー行為を行ったということだな」

検事の言い切りに、紀世美は苛立ちを隠せなかった。

「だから、違うって言ってるじゃないですか。芸能人二人を張ってたら、たまたま見つけたんで追っただけですよ。選挙で選ばれ血税でご飯食べてる妻子持ちの議員さんが、独身の女優とただならぬ関係でいたから、調査報道をしなければならないと判断したんですよ。話聞いてたんですか?」

「言いがかりだろ!」

デスクの脚を蹴りながら検事が怒鳴る。

「正直に話せば、すぐ終わるんだよ」

急に穏やかな口調で言われ、紀世美は思わず、事実に反する応えを口にしたい衝動に駆られた。しかしそれがひくのも早い。二年ぶりの二度目ともなると、相手の戦法は把握できていた。

「正直に話しています」

「いや。君は、汚い会社に長くいすぎて、なにを信じていいのか自分でもわからなくなってしまっている。個人である君が、どういう意図でどういう行動をとったのか、話せばいいだけのことだ」

「だから、たまたま見つけた与党議員の浮気現場を追いかけただけですよ。ただのラッキー記事です」

「君は君自身に洗脳されている。さあ、本当のことを」

その後も狭い部屋で延々と続いた取り調べから紀世美が解放されたのは、午後八時過ぎだった。

東京地方検察庁庁舎から出たところで、社に電話を入れる。

――お疲れ様。どうだった？

電話に出たのは岩井編集長だった。紀世美は取調室内でのやりとりを伝える。午前中から半日近くかけ行われた取り調べの要点を絞ると、一分以内に話しきれるほどしか中身はなかった。

――一〇時半からいて、それだけ。

「岸本《きしもと》とかいう検事、こんな時間まで延々と怒ったり泣き落としとか、洗脳まがいのことまでしてきたり……まあ、よく働く奴ですよ」

強気の悪口を言ううちに、紀世美は生気を取り戻していった。

――しかしまあ、二度目の刑事告訴ともなると、さすがに慣れてるな。

「自信がありますから。売り物の写真自体が、自分たちの無実を証明していますし」

――その心得を、朝野にも教えてやってよ。

「はい。ところで、青木さんとか、皆さんは今どこですか？」

――編集部には今、俺含めて三人しかいない。ほかは皆出払ってる。副編二人まで休みを返上してどこかで張ってるくらいだし。青木に直接訊いて。

地下鉄駅への階段へたどり着いた紀世美は、地上出入口の横に立ったまま、青木班長へ電話をかける。

――向田事務所の近くで張ってる。石さんと二人で。

「今から向かいましょうか」

――いや、戸部は朝から拘束されてたんだから今日はいい。それに、こっちもあと一時間くらい粘ったら引き揚げる予定。

「わかりました。でも、なんで向田事務所を？」

――岡が調べたら、ひとつわかったんだよ。向田芳樹の父親は、検察庁のＯＢだった。

一〇時間近くも嫌がらせの取り調べを受けさせられた理由が、紀世美には理解できた。

――検察庁の重鎮だった父親をもつ与党議員の記事を書いたんだからな。目をつけられるわけだ。

「検事のほうも夕方くらいからは疲れているように見えたんですが、納得できました。上からの命令で、白の私を、どうしても黒にしなければならなかったんですね」

一日を無駄にさせられたことへの憤りで立ちつくす紀世美に、人がぶつかり通り過ぎる。

「それじゃあ私は、社へ戻ればいいですかね」

――やることがあれば。まあ、今日はもう帰ってもいいんじゃないか。

「そういうわけには」

――芸能系のネタが枯渇しそうだし。戸部が繁華街で飲んでたほうが案外、雑誌のためになりそうな気もする。

「じゃあ経費で落としていいですか」

――駄目。

通話を終えた紀世美は、皇居沿いの内堀通りを眺めながらどうしようかと考える。とりあえず社に戻って済ませなければならない仕事がある。地下鉄駅出入口の階段を下り、ホームで電車を待ちながら、携帯電話を出そうと鞄を開けた。

すると、二つ折りにされた紙切れが入っていた。開いてみる。印刷された文字で文が書かれていた。

〈ネクソスと川本を知ってる。明日一〇時～一一時の間、自宅と会社からも離れた

場所で電話を待て。〉
　辺りを見回した紀世美だったが、知った顔はない。そういえばさきほど通話中、人とぶつかったことを思い出した。

＊

　ネクソスと川本というキーワードを出された以上、紀世美は呼びかけを無視するわけにはいかなかった。

　用心のため、人通りの多い新宿東口へ出た。一日のうち一〇〇万人が利用すると言われているターミナル駅付近の人口密度は高く、近くには交番もある。警察組織に関係する人物を追っていながら警察の世話になろうとするのも癪《しゃく》だが、仕方ない。

　午前一〇時数分前に着いてから、白い曇り空の下《もと》、もう半時間ほど待っていた。

　やがて電話着信音が鳴った。番号非通知の相手からだ。

「もしもし」

　――今、どこに？

　男の声だった。

「新宿の東口、新宿通りが見える場所です……どうして、自宅と会社から離れた場所なんでしょうか？」

――デジタル電話も、基地局からだと盗聴可能だから。自宅と会社、この二点の基地局はおさえられている前提で動いたほうがいい。

「誰から？　あと、どうしてそんなことが……」

――以前は俺も連中と同じ側にいたから。やり口なら知ってる。

「そちらはいったい、どなた？」

――元公安の川本のことは、知ってる？

「……ええ」

ＵＳＢメモリー内にあった資料で確認済みの名前だ。昨夜メモを開けたあと、紀世美は川本に関する情報を洗いざらい調べた。彼はまだ拘置所にいる。

――俺は、川本配下の要員だった。元刑事のスナミだ。

要員。資料上では、技術要員と、工作要員の存在が示唆されていた。

そして、元刑事のスナミ……どういうことだ？

「元刑事のスナミさん？」

――本当だよ。スナミトオル、で調べればわかる。数年前に、死んだことになってる。

死んだ男と会話しているとは、紀世美にはますますわけがわからない。

——情報を提供する。計画の記録抹消のため、こちらも命を狙われてる。相手がネクソスか、公安か、中国人か、誰なのかわからない。こうなったら、明るみに出すしかない。……と、まあ、自分の保身のためにそちらへ協力すると言っているわけだから、信じてもらえると思うけど。

坂崎班が急襲された事実、ホテルの地下駐車場で自分が不審な連中から追跡を受けたこと等を思い出し、紀世美は協力する旨を伝えた。

「ところで、どうして私の電話番号を？　この件を追ってることも、どうやって？」

——歌舞伎町や池袋の中国人街で、川本たちについて嗅ぎ回ってる日本人記者がいるって噂が流れてる。その後、そっちの二名が学園都市で負傷した情報もつかんだ。そうすれば、番号を知ることくらいわけない。

「そこまでやれる人だったら、一人で全貌を明るみに出せるのでは？」

——今となってはもう無理。ほとんどのＩＤやパスを変更されて、不可能になった。相手がどう動くかの大枠は把握できても、個人で立ち向かうには限界がある。

数ヶ月前に、多摩川近くの倉庫で数人を相手にして撃たれた事件で、俺は二度目の死を迎えたから。

「死、って……どういうことなんでしょうか?」

——本庁捜査共助課の、シラトという男に訊けばいい。昔、一緒に見当たり捜査をしてた。俺が話したことを伝えれば、向こうから色々訊いてくるだろう。

「それで、情報というのは」

——まず、そちらがどこまでつかんでいるのか聞かせてほしい。

紀世美は坂崎から渡されたUSBメモリーの中の資料、その後の追跡捜査でわかったことを話した。

「でも、私設部隊を動かし、多摩川近くの倉庫で発砲したとされる川本は拘置所にいて手が出せないし、後任だった組対の山寺はもうこの世にいない……山寺を葬ったのも、ひょっとして……」

——俺じゃない。その件は俺も調べたけど、やむにやまれずプロの技を使ったような痕跡からして、どこかの機関の要員がやったんだと思う。昔の俺みたいな。なんなら、元自衛隊員じゃないか」

そんなにも多くの人間の生死が関わっていたとは。想定していたより闇の深い事件なのかもしれないと、紀世美は不安になった。

「今、頓挫してしまっているんですが、どこからあたれば」

――篠田《しのだ》防衛大臣と、軍需専門商社のオギモト洋行、米ネクソス本社との関係を調べて。

*

社員食堂のテラスで、紀世美は他部署である活字系週刊誌の矢沢敏雄《やざわとしお》記者から、話を聞いていた。

「ウチで載せた記事が原因で一度、野党から国会で問いただされた時も、天地神明に誓ってそのようなことはないという判断でございます、だと。滅茶苦茶な文法で喋って、相当焦ってるなと思ってたら、翌々日には刑事告訴だよ」

「その後どうなったんですか？」

「賠償金請求で九〇〇〇万もふっかけてきた。さすがに取り調べを受けて以来放置状態で、進展なしだけど。次に篠田関連の記事を載せるとしたら、もっと証拠を固めないとできない。検察の動きが早すぎる」

「矢沢さんも、上から止められてるんですか？」

「そうだよ。今、ウチの賠償請求総額、いくらだか知ってる？　二五億七〇〇〇万円。もちろん確定額じゃないけれども。大人気マンガの利益が、片っ端から、ウチの裁判費用や賠償金に消えるんだからな。社内の風あたりも強くなってて、もう最近はくだらない芸能記事しか書かせてもらえない」

紀世美に手渡したばかりの資料へ目を落としながら、矢沢は眼鏡の奥の目を細くする。紀世美が須波通から電話で聞いた篠田防衛大臣、荻元洋行、米ネクソスの関係について、矢沢もすでに目をつけていたとのことだった。

「そっちも、新卒の彼……朝野だっけ？　告訴されたんでしょ」

「だから、身を守るためにも攻撃するしかないんですよ」

「一時期出回ってた告発文書にまではたどり着けたけど、荻元洋行と篠田大臣の癒着を証明できるものは出てこなかった」

「これから私たちが調べます。張り込みで」

紀世美が社員食堂から編集部へ戻ると、その場にいる部員たちが皆、沈んだ様相だった。

「協力者が、潰された」

　青木班長に訊くと、死刑囚の記事を書く際に情報源となり、朝野への刑事告訴に関してでも力を貸す約束をしてくれていた協力者が、今後一切の連絡を拒んできたという。

「検察の取り調べでかなり脅されたみたい。手の内をぜんぶ明かしたうえで、もうこちらに関わらないという約束までしたって。証言が得られないとなると、マズい」

　検察の動きが早い。告発取材では、情報源に口を閉ざされると、一気に不利になる。特に、発表された記事に関しての正当性を証明する時にそれをやられてしまうと、確実に負ける。

「鈴木も引き続き協力者にはお願いするようだけど、別の対抗手段を考えるしかない」

「鈴木さんたちは、今、どこに？」

「大元を狙って、動き出した。東京地検特捜部を」

　その飛躍に、紀世美は驚いた。

「死刑囚相手の裁判には負けるかもしれない。となると、陰で死刑囚と弁護士を焚きつけてる大元を狙うしかない」

「……特捜部の、誰を狙うんですか？」

「兼平《かねひら》特捜本部長。興味深いことがわかったよ。戸部を告訴してきた向田芳樹議員の父親、向田順三《じゅんぞう》は、検察庁時代、兼平を配下に置いてた」

「え、ってことは……」

「敵は繋がってる。見方を変えれば、一カ所を攻め落とせば、他も一気に崩せる」

それに気づいた鈴木班は、目先の刑事告訴でなく、裏で操る権力機構への直接対決を挑みに行ったわけか。

「それで、篠田大臣の件は？」

紀世美は矢沢から得た情報を青木へ伝えた。

「戸部が受けた、電話の情報提供者からの話とも符合するんだな」

「はい、内閣所属の大臣の、スキャンダル疑惑です。向田と同じ、与党側の人間です」

検察や政権をまるごと敵にまわしているわけだ。紀世美はわずかに諦めを感じもする。勝てる、のか？

＊

時間が止まっている。料亭の引き戸を見続けていた紀世美が双眼鏡の接眼部から目をそらしても、網膜に焼きついた引き戸の形がまだ視界にあった。

交代時間となり運転席の青木に双眼鏡を渡すと、助手席のシートへ背をもたせかけ、首を揉んだ。

撮影チャンスは、引き戸が開いた一瞬しかない。

後部座席で待機中のカメラマン石本に撮影チャンスを伝えるため、こうしている。時刻はもうすぐ午前一時で、既に四時間が経過していた。一〇〇メートル以上離れた場所からのツーショット狙いとなると、集中力が要る。

料亭の前には、篠田防衛大臣の乗ってきた黒塗りのレクサスが停められている。SPらしき男が一人、店の前にずっと立っていた。見破られれば警戒され、向こう数ヶ月間は表へ容易に姿を現さなくなる。そうなれば、訴訟に揉まれ、編集部は再起不可能なまでに手ひどくやられるだろう。

「石さん、起きてる?」

双眼鏡をのぞいたまま青木が言う。

「……はい」

石本の返答は数秒遅かった。

運転席と助手席の間から突き出している一二〇〇ミリ望遠レンズ搭載のカメラは三脚に固定済みで、既に遥か遠くの引き戸へ、ピントや露出も合わせられている。あとはシャッターを押すだけだ。

「寝てたでしょ」

「リモコンは握ってるんで大丈夫です」

後部座席の外されたバンの広い空間は、窓にスモークフィルムが貼られ、内側にカーテンまでかけられているため、暗い。レンズとカメラの長さは、合わせると一メートルほどになる。

「もう一〇分くらい経ったかな」

「まだ五分も経ってないですよ」

限られた視界をのぞき続けるのは、せいぜい一五分が限度だ。交替制でしっかり見ていても、見逃しが起きてしまう。

紀世美は尿意を覚えた。

「トイレに行きたくなりました」

「ペットボトル、使う？」

青木の提案を紀世美は断る。

「石さん、男はペットボトル、使ったことあるよね？」

「家族旅行で渋滞にハマった時とか、長男にさせました……あと、釣りでボートに乗った時とかも、ペットボトルにしますよ」

「石本さん、私とほぼ同時期にウチに来てから、ご家族と旅行なんかには行けてるんですか？」

「なかなか。でも、仕事があるだけ、ありがたいよ。子供と一緒に長く過ごすことだけが、本当の優しさじゃないから。将来進みたい道を歩ませてあげられるだけの蓄えを作っておくことが、本当の優しさだと思うんで」

「……そうだよな、石さん」

「でも、張り込みに費やした時間の累計だけは、考えたくないですね。たぶん、次女と過ごした時間より長い」

紀世美は彼氏とのことを考える。周りの友人たちが結婚しだしていることをふりかえれば、ぼんやりとではあるが焦りの気持ちも少しはわいてくる。ただ、紀世美は仕事をしている間、精神がマイナスな方向へ向かうことはなかった。

「出てこないな……もう一五分経った？」

ただ窓の外を眺めるだけの簡単なお仕事です。

高校受験、大学受験、就活戦線を勝ち抜いてきた末に今やっているこの仕事が、報われるのかどうか、紀世美にはわからない。いかに物事に優先順位をつけ、効率的にこなすかを試されてきた世界とは、異なった原理で動かされている。

どれほど、無駄な時間を過ごせるか。実らないかもしれないことのために何時間も費やし、幸運が訪れるのを待つほかない。情報テクノロジーに頼りきり、効率的にしかやれない人間がやれば、数日で逃げ出す。

「交替」

青木に言われた紀世美は、双眼鏡を手に持った。あの引き戸から、篠田防衛大臣とネクソス関係者が顔を出すはずなのだ。時事性でいえば写真誌はネットどころか新聞にも負けるため、そのぶん、センセーショナルな写真が必要だ。

すると紀世美の視界に、幻覚のようなものが映った。

目に焼き付いた像が、歪められている。引き戸が開かれたのだと気づいた。

「出てきた！」

直後、シャッターが切られる音が連続して鳴る。石本が反応したのだ。

「篠田が出てきました！　三、四人で話してます……一人は、荻元洋行の社長でしょうか」

「貸して」

紀世美は双眼鏡を青木へ渡した。

「戸部ですが、鈴木班は近くにいますか？」

無線機に向かい紀世美が呼びかけ数秒後、車内にノイズが響いた。

——鈴木班、あと……七、八分ほどでそちらに着きます。

朝野の声だ。

「今、料亭から出てきた篠田と社長を確認、急いでください」

——鈴木班、出山《でやま》さんだけ先に行ってもらいます。

——出山ですが、あと三分で着きます。指示お願いします。

若手バイクライダーの出山は、すり抜けが容易にできるモタードを駆る。しかし追尾は得意ないっぽう、バイク運転中の撮影は難しい。

「青木さん、振り分けどうします？」

「篠田は俺たち、荻元洋行は鈴木班、あとの不明な連中は、出山に追ってもらって」

紀世美は無線で各車へ指示を出した。

＊

兼平東京地検特捜本部長が公費で囲っている愛人、パチンコ業者から毎年受けている接待旅行の情報を鈴木班がつかんだ。前者についての密会現場写真をおさえた翌日の昼、坂崎班長から編集部へ電話連絡があった。応対していた朝野が、スピーカーフォンに切り替える。

――今、よその記者から嫌な情報が入りました。

「なに？」

新垣副編集長が問う。

――近々、ウチに検察からの家宅捜索が入るそうです。

「本当？」

――記者クラブ出入りの新聞記者に、検察側が漏らしたみたいで。ウチの協力者名簿をおさえられたら、終わります。隠すなり、どうにかしないと。

協力者名簿やその他の資料が検察におさえられたら、追っている最中のネタに関する詳細や情報源をすべて先回りされ、これまで協力してきてくれた情報提供者たちも、一人一人潰されてゆく。

数々の裁判で不利になろうとも取材源秘匿を厳守してきた編集部にとって、それが明るみに出ることは、今後の雑誌存続も危うくする。国家権力に情報源を掌握されてしまう写真誌に情報を提供してくれる者など、今後いなくなる。

坂崎からの報告後、新垣副編集長が指示を出した。

「まず、俺と岡で資料の分類リストを作ろう。あと、隠し場所も探す」

紀世美はデスクのパソコンで、先日撮った写真ファイルを開いた。

篠田防衛大臣と、軍需専門商社荻元洋行の荻元社長、日本ネクソス幹部数名と米ネクソス本社の社員二名が一緒に写っている写真。関係者を根こそぎ、一枚の写真の中におさめられたのは、奇跡だ。

この写真があれば、数ヶ月前に活字系週刊誌の矢沢が書いて訴えられた記事を、補完できる。五〇年来の社歴を誇る軍需機器メーカーの米ネクソスから、レーダー関連機器の発注契約の見返りに、篠田防衛大臣は献金を受けた。その仲介役となった荻元洋行からも献金を受け、自身の天下りポストも多数用意させていた。それを証明するものとして、この写真は充分すぎる役割を果たしてくれる。

篠田大臣は、以前に訴訟さえ起こしていなければ、親睦を深めるただの会合に過ぎない等、この写真に関しいくらでも言い訳することができた。しかし、事実無根であるとの訴えを、既に起こしてしまっている。〝事実無根〟に綻びが出ることほど、政治家にとっての致命的ミスはない。

次の号にはすぐ掲載したい。だが、青木班長と編集長の判断で、ストップがかけられていた。

写真としての強みはある。この写真を載せたことで相手から訴えられることはなく、他部署である活字系週刊誌の裁判でも、有利なほうに情勢を反転させることができる。

しかし、根底から勝つには到らない。

国家権力を敵にまわした一出版社が勝利するには、もっと強い記事で一気にたたみかける必要があった。目先の利益を確保するか、もっと大きな利益を狙うか。だからといってこの決定的写真も、いつまでもただ手元に持ち続けているわけにはいかない。情報漏れでもしたら、価値は下がり、敵に防御策をとられてしまう。

行き詰まっていた。

紀世美は手帳に記した相関図を睨みながら、新しい綻びを見つけられないかと考える。

協力者——須波通からの電話が入らないかと、期待してしまう。彼が電話で言い残したとおりに、数日前、警視庁捜査共助課の白戸刑事に面会を申し込み、一連のことをかいつまんで話した。興味深げに紀世美の話を聞いた白戸は、須波通についての話をしてくれた。捜査共助課時代は、見当たり捜査の名人として、写真を見て記憶した指名手配犯たちを、街中で驚異的な頻度で捕まえてきたという。本人が語っていたとおり、須波は一度海上で船の爆破に巻き込まれ死に、久々に姿を現した数ヶ月前、多摩川近くの倉庫で、日本ネクソスとつるんでいた公安の川本に撃たれ、また死んだ。そこまで教えてくれた白戸だったが、今の須波のことについては、街で一度見かけたような気がするというだけで、他になにも知らないようだった。司法解剖に立ち会ったわけではないから、誰かのはからいで生かされている可能性もあるだろうと、個人的な見解として付け加えてもいた。

つまり、須波からの情報は信用していいということになる。しかし公安捜査員川本の下で、汚れ仕事の要員として働いていた須波とはいえ、篠田防衛大臣関連の情報をそう多く持っているとも考えられない。

第三者的視点が必要だ。紀世美は内線を通じ、活字系週刊誌の矢沢へ連絡をとった。

小一時間後に、社員食堂のテラス席で矢沢とおちあった紀世美は、興味深い話を聞いた。

「それでは、この秘書の女性は、今は篠田の事務所にも在籍していないんですね」

「休職後、突然辞めたんだってさ。俺も足取りを追ってたけど、刑事告訴されてそれどころじゃなくなった」

紀世美は一枚の集合写真を見る。篠田大臣の横に立っている、スーツ姿の女性の美しい顔から、目をそらせられなかった。秘書業務を任せられるにしては、過度に美しすぎる。そこに怪しさがたちあがっていた。

*

一昨日、紀世美が神奈川県横浜市にあるマンションの玄関先まで訪問した際は、数秒で閉め出された。しかしその際渡した名刺の電話番号へ、今朝午前四時半頃に電話があった。

校了初日を終え、三時間だけ家で眠りまた出社後、ギリギリまで校了作業に取り組んだ紀世美は、午後一時過ぎに社を出た。電車のシートに座りながら、協力者への質問を整理しておく。すると空き気味の車内をスーツ姿の男二人組が無言で歩いて来て、手帳をにらんでいる紀世美の姿を一瞥し、そのまま隣の車輛へと立ち去った。

下車した横浜駅のロータリーでタクシーに乗ろうとしたところで、紀世美は視線を感じた。男二人と目が合ったあと、タクシーの後部座席に乗る。

「お客様、行き先はどちらになりますか?」

「とりあえず出してください」

リアウィンドウを振り返ると、さっきの男二人から視線を向けられていた。うち一人が、携帯電話を耳元に当てている。

尾けられている、のか?

「どちらに……向かわれます?」

紀世美は百貨店を指定した。百貨店の前で降りた後、地下通路を歩き、案内図を頼りに地上へ出て、再びタクシーを拾う。ホテル名を告げ、窓の外を確認する。男二人組の姿はなかった。

警視庁公安部、だろうか。組織犯罪対策部ということも考えられる。あそこまで下手な尾行となると、場数を踏んでいない内閣情報調査室とも考えられた。篠田は防衛省の大臣だ。省配下の諜報機関、自衛隊情報保全隊を動かしている可能性もある。

しかし追尾など、常日頃から自分たちもやっていた。場数に関しては、平和な国の諜報機関と同等以上にこなしている自信がある。同業者同士の戦いなのだと捉えると、紀世美の中で少しわいていた恐怖感は消失した。

篠田防衛大臣の元秘書、遠山咲子《とおやまさきこ》と一緒にホテル上層階の部屋に入った紀世美は、窓の外を確認した。向かいに高層ビルの窓が見える。向こうからもこちらが見えるということだ。窓に伝わる振動を光で感知し音へ変換する光学式集音器が、世には存在する。諜報機関ならそれを使うかもしれない。紀世美はカーテンを閉め、フロアランプとダウンライトの明かりをつけた。

「お飲物は何になさいますか？」

メニュー表を紀世美がさし出すと、遠山は白く細い腕を伸ばし受け取った。体質もあるのだろうが、その白さは長らく屋内に幽閉されてきた者のような、ある種の凄みさえたたえている。フロントへコーヒーを二つ注文したあと、紀世美は取材に応じてくれたことへの礼を述べる。

「いえ、とんでもないです。先日は、あんな邪険な対応でお帰ししてしまって、ごめんなさい」

宅配業者を装った突然の訪問であったにもかかわらず、スカートにニットカーディガンという外出も可能な格好ですぐ出てきたことが、思い出される。

「遠山さん、今回のインタビュー、録音させていただいてもよろしいですね」

「はい」

紀世美はテープレコーダーとICレコーダー両方の録音ボタンを押した。携帯性や隠匿性、高音質での録音、データ移動等の利便性からすれば、デジタルのICレコーダーだけで事足りる。しかし証拠として使うことを考えれば、録音内容を容易に編集できないアナログのテープレコーダーが適していた。

活字系週刊誌の矢沢からの情報を頼りに調べを進めていた紀世美は、篠田防衛大臣の私設秘書だった遠山咲子が何をされたかについては、いくつかのことを把握していた。しかし遠山本人のパーソナリティーについては、何も知らなかった。フロントから運ばれてきたコーヒーに口をつけながら、世間話をする。インタビューでは、アイドリングで相手の口をなめらかにさせておくことが重要だ。

「あ、じゃあ、私も同い年です。五月生まれなんで。遠山さんは?」

「私は九月」

数歳年上だと思っていた相手が同学年だと知り、紀世美は少し驚いた。

「遠山さん、大人ですね。落ち着いていらっしゃるから……」

「そう?」

遠山は静かに笑う。皮膚が薄く起伏がはっきりしている顔のわりには、笑い皺もあまり寄らない。白い皮膚といった細胞レベルでは平均的な二八歳より若く見えるにもかかわらず、全体的な雰囲気は三〇代前半という感じだ。心労を重ねて、所作に若さがなくなったのか。

篠田防衛大臣に関する、軍需専門商社荻元洋行からの献金と天下りポストの斡旋、軍需機器メーカー米ネクソス本社からの献金という癒着の実態から始まり、これまでメディア上では一切明るみに出てこなかった数々の女性問題へと話は進む。愛人として囲っていたホステス一人、そして省へ入った新人を一人、それぞれ妊娠させ、いずれも中絶費用と口止め料を機密費で賄っていた。一連の問題が起こっている最中も何度も威圧的に迫られ、身体を許さざるを得なかった秘書の遠山は、ある日、篠田からかかってきた電話のやりとりを保身のため録音した。

今はもう使っていないという型落ちの携帯電話を、充電ケーブルに繋いだ状態で遠山が操作する。中絶させた新人の口止めとケアーについて話す篠田大臣の声が、ホテルの室内に響いた。

「自分がこれで仕返しでもしようとしたところで、向こうは何十倍もの力で潰しにかかってくるでしょうし……結局、何もできませんでした。去年までのことはもう忘れようと、心に決めてたんです」

「……遠山さんからいただいた証拠やお話を世間にうまく公表することで、利権を食い物にされている国民全員が、救われるはずです。そしておそらく、遠山さん自身が」

「……本当に、成功する、かな」

不安げに目で問う遠山に対し、紀世美はゆっくりと深くうなずいた。

＊

平日の昼間、都内東部の埋め立て地にある高層マンションの近くで張っていると、編集長から青木班長のもとへ電話がかかってきた。

「本当ですか⁉」

声を裏返すほどに驚いている。会話を続けながら青木は車内の電源だけをオンにし、カーナビのテレビのチャンネルを替えた。

国会中継が流れている。やりとりされている内容が、段々と紀世美の頭の中にも入ってきた。

『そのような事実は、認識しておりません』

『だから、会合の現場をおさえた写真データ、献金の証拠となる文書データ等、上がってきているという話なんですよ。女性問題に関する、ここで言及するのもはばかられるような会話の録音データも。数々の証拠物件が出てきてもなお、白を切るんですか？』

たたみかける野党幹部に、他の野党議員たちが罵声で追従する。追及されている当の篠田防衛大臣は、主語のない奇妙な言い回しの返事を繰り返すのみだった。

ネタが、流出した？

「証拠物件、って……」

「ウチの……君がつかんできたものと同じでしょう」

「でも、どこから」

「敵は多いしな……。社内の雑誌部や文芸第二なんかの誰かが買収されて、協力したかもしれない。あとは清掃員とか、警備員とか」

来週発刊号の記事として、まだ世間には発表していない情報が、漏れている。新聞広告のデータも送っておらず印刷所での印刷も始められていないだけに、社内で敵による工作活動が行われたとしか思えなかった。

『篠田防衛大臣に、退任を要求します』

野党幹部からの声に、応援の拍手が鳴る。

直後、カメラが篠田大臣の姿をアップで捉えた。その顔を見て、紀世美は違和感を覚えた。

「妙に落ち着いていませんか」

「うん。なんなんだろうね、この余裕は」

後部座席のカメラマン石本も、紀世美に同意した。

「ウチの人間を、誰が買収したんでしょうか……」

「出入りする人間の中から、ウチと利害が対立してたり、金に困ってそうな人を選ぶにも、それなりの前情報が必要だしな……。そういえば戸部、遠山さんから話を聞いた日、男二人から尾けられたんだよね？」

青木から訊かれ、紀世美はうなずく。

「真っ先に動くとしたら、内調か」

内閣に属する篠田を守るため、あるいは、篠田の属する内閣を守るため、内閣情報調査室が動いたとしてもおかしくない。

「内調が社内の誰かを買収したとして……でもそうして得られた情報がどうして、野党にまわるんですか？」

「……故意に漏らした、かもな」

「え？」

「内調の調べで、ウチが篠田のスキャンダルの証拠物件を手にしていることがわかった。デジタルデータで保管されている可能性が高いぶん、たとえ工作活動で証拠データを消しても、意味がない。そんな大事な情報は、どこかにバックアップされてると普通は考える」

つまり相手も、データは消せないという前提で動く。

「そうしたら、できることは限られる。情報の価値自体を下げるしかない」

国会中継の違和感にも納得がゆく。篠田の顔にはどこか余裕があり、追及している側の野党幹部も、証拠物件の存在をちらつかせてはいるが、それらを掌中におさめているとは一言も述べていない。

「野党自体は、証拠は握っていないんですかね」

「多分そう。証拠のほんのごく一部か、噂だけ流しておいて、それをブラフとして野党が攻めてくるのを、篠田側は見越していた」

「自分たちからわざと与えるブラフにしては、強すぎませんか」

「政治は一瞬で決まるんだよ。今日という最大に厄介な局面を乗り切ってしまえば、後日記事が世間へ公表されたところで、篠田に致命的ダメージは与えられない。調査報道が、ただの社会派ゴシップに成り下がる」

雑誌の売り上げ部数に響くどころの話ではない。

「篠田たちはこの問題を、今日で終わらせるつもりだ」

青木の予想通り、国会中継では野党が証拠物件そのものを握ってはいないらしい気配が色濃くなってゆき、情勢は逆転した。総理大臣も篠田の擁護にまわり、野党の勢いも削がれていった。

遠山咲子から教えられた、篠田に中絶を迫られた女性二人への取材は、本人たちから拒否され、かなわなかった。今手元にある証拠以上に強いネタはそろえられていない。どうすればいいのかと紀世美は思った。

静かな編集部に野党からの連絡が入ったのは、午後五時過ぎだった。

「三〇分以内にかけ直します」

電話を切った編集長から、次長と副編集長二人、坂崎班、戻ったばかりの青木班が呼ばれた。

「野党側が、証拠データを渡してほしいと言ってきてる。それもあと二、三時間以内に」

その言葉に、一同は顔を見合わせた。

「二、三時間というのが、篠田を陥落させるためのタイムリミットですか」

坂崎からの質問に編集長がうなずく。

求められるままに証拠物件を提出すれば、他メディアにも情報の詳細が流れることになる。当然、四日後に発売される雑誌の売り上げは、伸び悩む。

「ウェブ版で、さっさと発表しちゃいますか？」

青木の提案に、次長が首を横に振る。

「有料である程度の売り上げは見込めても、インパクトは薄まる。今日中に篠田を退任させるほどの伝播力はない」

国勢の行方は二の次にして、次号の売り上げを優先するという選択肢もあるのだ。

編集長が紀世美に目を向ける。

「戸部、今回の情報を元秘書から引き出したのは君だけれども。直感的に、どうしたい？」

「私ですか……」

急に迫られた決断だったが、紀世美の中で答えは一つしかなかった。

「雑誌の発売は待たず、今夜中に公表しましょう」

全民放キー局の夜九時前のニュースで、篠田防衛大臣のスキャンダルが露呈された。

荻元洋行やネクソスとの癒着を示す、文書と写真。

そして、電話録音データとして残された、女性問題の処理を指示する篠田本人の声。全国の視聴者の耳に、篠田の声が生々しさをともなって響いた。紀世美たち編集部から各大手マスコミへ流した証拠物件を利用していいのは、午前〇時までとする約束を交わしている。どの局でも、制限時間内に有効利用しようと、執拗に何度も報道していた。

編集部にいる全員でテレビを確認しながら、殺到する問い合わせ電話への応対にかかりきりになって、一時間以上が経過していた。

そして午後一〇時一五分、篠田防衛大臣辞任の速報が流れた。

現政権の中枢が崩壊した瞬間だった。

「やりましたね、戸部さん……ありがとうございます」

篠田防衛大臣自身が辞任届を提出したのは、内閣へのダメージを最小限に食い止めるためだろう。部員たちが立ち上がって喜ぶ中、涙しながら言う朝野に、紀世美は握手を求められた。

「朝野も頑張ったからでしょう、皆で一緒に」

紀世美は朝野を労いながら握手を返すものの、手や身体に力が入らない。疲れていたのだ。連日気を張っていたことを、ようやく実感した。

＊

篠田防衛大臣の辞任直後に発売された号には、篠田に関する一連の証拠物件の詳細と、それにも繋がる検察の汚職問題が掲載された。発売初日に増版がかけられた。他のマスコミもこぞって後追い記事を出し、紀世美たちも知らなかったような新事実が、毎日のように世に出ている。

＊

ビル二階にあるイタリア料理店。

窓側席に四時間近く座り続けていた紀世美は、窓に顔を寄せる。高級クラブがテナントとして入っている向かいのビルから、狙っていた中年男が、ドレス姿の女たちとともに姿を現した。中には、テレビで顔を見た女性タレントもいる。

この場で張り込み続けるための、紀世美の長い夕飯が終わった。否、今日は午前中に出先でサンドウィッチを食べたのが唯一の食事だから、これは昼食も兼ねているのかもしれない。いずれにせよ、熱意をもって取り組めるものがあることに対し、紀世美は恵まれていると感じた。

彼氏には最近、別れを切り出した。相手もそれを予期していたようで、すんなり別れられた。結果的に、もはやそんなことでは、日常は全然変わらなかった。会計を済ませ、バッグを肩にかける。

標的は、業界知識のないうら若き女性タレントたちに奴隷契約を結ばせ、やりたい放題やってきたと噂の芸能事務所社長だ。土地関連の詐欺まがいのことにまで手を出したというリークが入ってきていた。他にもどんな黒いことをやってきたのか。それらを追及し、白日の下にさらしたいという欲の前では、だいたいのことが、中途半端な遊びのように感じられてしまう。仕事は素晴らしい。紀世美は心からそう思う。どんな遊びより、真剣になれるのだから。

やがてビルの一階まで下りる。女たちの肩を抱き、側近らしき若い男を怒鳴りつけたりしながら迎えのロールスロイスに乗ろうとしている中年男の動向を仲間たちに伝えると、紀世美は自身もタクシーに乗り、あとを追った。

担当編集者U氏にはお世話になった。

——著者

主要参考文献

『フォーカス　スクープの裏側』フォーカス編集部編　新潮社／二〇〇一年一〇月刊
『噂の女』神林広恵　幻冬舎アウトロー文庫／二〇〇八年一二月刊
『週刊誌は死なず』元木昌彦　朝日新書／二〇〇九年八月刊

本作はフィクションです。実在の個人・団体・事件とは一切関係ありません。（編集部）

単行本　２０１８年５月　小社刊

実業之日本社文庫 は121

5時過《ごじす》ぎランチ

2021年10月15日　初版第1刷発行

著　者　羽田圭介《はだけいすけ》

発行者　岩野裕一
発行所　株式会社実業之日本社
〒107-0062　東京都港区南青山5-4-30
CoSTUME NATIONAL Aoyama Complex 2F
電話 [編集]03(6809)0473 [販売]03(6809)0495
ホームページ　https://www.j-n.co.jp/
DTP　ラッシュ
印刷所　大日本印刷株式会社
製本所　大日本印刷株式会社

フォーマットデザイン　鈴木正道（Suzuki Design）

ISBN978-4-408-55698-7（第二文芸）